pupilas ovais

pupilas ovais

Rosângela Vieira Rocha

SECRETARIA DE ESTADO DA CULTURA DO DF
FAC
FUNDO DA ARTE E DA CULTURA

L·G·E EDITORA

Brasília, 2005

LGE Editora Ltda.
SIA Trecho 03 Lote 1.760 - Parte A
Tel.: 61 3362.0008 - Fax: 61 3233.3771
lgeeditora@lgeeditora.com.br
www.lgeeditora.com.br

Editor:
Antonio Carlos A. Navarro

Autora:
Rosângela Vieira Rocha

Capa:
Chico Lopes

Coordenadora Editorial:
Anna Cristina de Araújo Rodrigues

Diagramação:
Luis Augusto Guimarães

Impressão e Acabamento:
Quick Printer Impressos Rápidos Ltda.

Dados Internacionais de Catalogação na Publicação (CIP)

Rocha, Rosângela Vieira.
Pupilas Ovais / Texto de Rosângela Vieira Rocha – Brasília: LGE Editora, 2005.
104 p.

1.Literatura. I. Título.

CDU 82-34

ISBN 85-7238-198-6

Para Nahid Vieira Rocha, minha mãe, in memoriam;

Beth Rocha e Chico Lopes, escritor, amigo, irmão.

"P´ra se fazer uma campina
é só um trevo e única abelha,
Único trevo e uma abelha
E a fantasia.
A fantasia basta
Se a abelha se afasta"

EMILY DICKINSON

Sumário

Prefácio

O livro de Rosângela Vieira Rocha usa um tom monocórdio, não deixa transparecer emoções, não emprega imagens. Trata do universo feminino sem nenhuma reivindicação feminista e sem traçar perfis femininos. Tem como cenário, em geral, pequenas cidades do interior brasileiro com seu vocabulário próprio, sua gastronomia, seus dias cinzentos em que poucas coisas afloram, seus conflitos destituídos de grandeza. Quatro contos exemplares refletem esse mundo: "O arroz de Lucília", "O trevo de quatro folhas" (o melhor deles), "Dentes perfeitos", "Pupilas ovais". São contos de difícil elaboração, sem nenhum apelo emocional, apesar disso envolventes, ardilosos, condutores. Desde a primeira linha do livro até a última, nos sentimos participantes do universo da autora, sempre curiosos do que está para acontecer, embora sabendo que dificilmente algo se transformará e que as surpresas e mudanças nos conduzirão sempre ao mesmo universo. O tio que estupra a sobrinha não nos causa repulsa e no fim tudo continuará na mesma, sem vinganças. As grandes traições nos parecem quase naturais e, no final, uma conivência entre os personagens permite que todos continuem a viver lado a lado. Acomodação, aceitação? Não são essas as palavras. A vida prossegue, isso sim, naquele tipo de mundo que a autora pretende retratar.

Sendo assim, Rosângela é uma escritora bastante original dentro do cenário literário brasileiro. Uma mulher escrevendo? Não sei. Há homens que escrevem como mulheres, mulheres que escrevem como homens, homens que escrevem como homens, mulheres que escrevem como mulheres. Dizer que o sexo não aparece nos textos é bobagem. E isso é apenas um detalhe no que pode ser considerado boa ou má literatura. O mundo de Rosângela está cheio de comadres, donas de casa, receitas de cozinha, "maridos" e "esposas" (palavra horrível que o jornalismo adotou). As "vítimas" são, quase sempre, mulheres. O importante não é o fato em si, mas a forma com que isso é retratado. Todo escritor verdadeiro tem que ter um mundo. Rosângela tem. Aconselho o leitor a reler os seus contos. No fim, a revelação da unidade deste conjunto sem heróis ou vilões, carregados das expectativas que cada um de nós tem ao levantar a cabeça do travesseiro de manhã, repetidas de formas diferentes, cumpridas ou não ao longo dos dias, o que não faz a menor diferença.

RACHEL JARDIM

Academia de ginástica

"*Ó primeira estrela que eu vejo, dai-me tudo que desejo; se o cão latir, ele me adora; se a porta ranger, ele me detesta; se alguém assobiar, ele me ama*".

Menina, sempre repetia essa invocação, estivesse onde estivesse, ao cair da noite. Mulher madura, não conseguiu perder o hábito. Com o coração acelerado, fica esperando para ouvir o sinal mágico. Mesmo hoje, aos sessenta e três. Até quando? Suas amigas vivem rindo do seu romantismo. Quando se olha no espelho, sente o descompasso existente entre o seu lirismo desavergonhado e o seu rosto de agora. Plásticas? Não, nunca fez. Não por convicção, até que gostaria de esticar um pouco debaixo dos olhos, de retirar parte da incômoda papada que teima em aumentar, a cada dia. Sem falar no bigodinho chinês, que entristece a sua expressão. Faltou-lhe dinheiro, as prestações do apartamento que não consegue quitar sorvem dois terços de seu salário de bibliotecária municipal aposentada. Filhos? Não os gerou. Fez alguns tratamentos, mas parece que não havia nada que realmente a impedisse de engravidar. Seria Aristides estéril? Talvez sim, mas ele não quis fazer os exames, apenas iniciou o tratamento de infertilidade. Tão próprio dele, que não gostava de ir ao fundo de nada, por medo, por covardia, ou simplesmente por comodismo.

Seu marido morrera há dois anos, mas ainda sentia muito a sua falta. Não que tivessem vivido o que revistas semanais chamariam de tórrida paixão, mas conviveram de uma maneira razoavelmente harmoniosa durante trinta e três anos. Quando lhe perguntavam porque o escolhera, respondia *é o homem mais honesto e mais educado que conheci*. Tiveram uma vida provavelmente honesta e educada em excesso, mas razoável em todos os outros aspectos: não foram ricos nem pobres, não viajaram nem muito nem pouco, faziam sexo com freqüência média, tinham alguns amigos. Tudo, enfim, seguia a linha do mediano, entre todos os caminhos sempre percorreram o do meio. Culpa sua? De Aristides? Não, não pensava mais em culpas, culpados, culpáveis, culposos. Fora feliz, sem dúvida. Por que a felicidade não pode ser morna como leite, confortável, discreta, conhecida, previsível?

Viúva, passara por várias fases: a do luto absoluto, desesperador, no qual a morte é quase uma idéia fixa, em que tudo é falta, quando acordava no meio da noite revivendo aquelas cenas, Aristides no caixão, o terno de riscos de giz da festa das bodas de prata, o olhar compassivo do médico, sem coragem de dizer que não havia nada a fazer, o infarto fora fulminante enquanto jantavam e ela tinha ido buscar na geladeira uma maçã para a sobremesa dele, nem sequer mordera a fruta, seu rosto afundado no prato, caído, e tinha vontade de gritar *meu companheiro, meu amor, pensei que passaríamos a velhice juntos, ah, quero morrer, também eu*; a fase do vazio, tudo se transformando em um oco, os membros não doendo mais, pura anestesia, as comidas passando pela garganta com gosto de palha, descendo rasgando, mas passando, passando, as trancas cedendo porque a vida tem força, independente do desejo que se tenha de não viver; e depois, o tempo da lentidão, como se tivesse despertado de um sono comprido, Bela Adormecida sem príncipe, a maçã que ninguém comeu, meio tonta, reaprendendo devagar os movimentos, *ah, ainda é possível andar, como é mesmo que se caminha, de que maneira se pede carne, no açougue, como é fazer feira, comprar pão, dirigir outra vez um carro, então os ipês da sua rua continuavam amarelos, apesar de?*

Agora já podia olhar os álbuns das fotos do casamento e reconhecer-se como a noiva daquela antiga manhã, muito mais jovem, é certo, na época dos cabelos negros, que depois, a exemplo de quase todas as mulheres, se transformaram em castanho-claros, alourados, tudo para despistar os fios brancos. Os fatos anteriores à morte de Aristides já podem ser lembrados com certa naturalidade, o desespero deu lugar a uma melancolia calma. Antes, qualquer pensamento, o mais simples que fosse, como a lembrança do vestido usado numa festa, não fluía, barrado sempre pela morte do companheiro, vivida como um marco essencial, divisor de águas definitivo. Os acontecimentos começam a ter valor por si sós, independentemente da morte. Pode ver a si mesma, no passado, sem a interferência de Aristides. Estaria recomeçando a reencontrar a sua história, só sua, de ninguém mais?

Por sugestão de uma ex-colega da biblioteca municipal, resolve cuidar mais da aparência. Um curso de ioga, dissera Anita, é fundamental, há que cuidar do corpo e da mente, ainda mais nós, que já entramos na terceira idade (expressão que detesta, considerando-a uma fonte de humilhação). Prefere a palavra velhice, julgando-a mais simples e verdadeira. Detesta eufemismos e tem orgulho de sua coragem de dar nomes aos bois. *Há um professor excelente, dissera-lhe Anita, seu nome é Ângelo. Procure-o, vamos, aqui está o telefone dele.* Deveria ligar, mesmo sabendo de sua falta de jeito com o próprio corpo, que nunca sentiu como seu de verdade? Aquela impressão de ser inquilina dentro dos seus próprios membros tem de acabar algum dia. O jeito é enfrentar. Determinada, liga para Ângelo numa terça-feira, que considera o melhor dia da semana para resolver assuntos pendentes. Sempre foi supersticiosa.

Antes de telefonar, contudo, vai andar no parque. Havia se transformado, durante a fase mais desesperadora do luto, em uma adepta de longas caminhadas, andando o mais rápido possível, durante sessenta minutos. No início, ficava meio sem fôlego e chegava em casa quase sem poder respirar. Acabou gostando muito e, agora, não vive mais sem as quase que sagradas andanças. E então vê a estrela, aliás, o planeta, como sempre corrigia Aristides, *ó, primeira estrela que vejo, dai-me tudo que desejo; se o cão latir, ele me adora; se a porta ranger, ele me detesta; se alguém assobiar, ele me ama.* Logo em seguida passa por ela, assobiando, um rapazinho de cabelos cacheados. *Que ótimo sinal*, pensa. *Sim, está resolvido, ligarei ainda hoje para o professor de ioga.*

A voz é suave, limpa, condizente com alguém muito jovem. Anita lhe contara que Ângelo está na faixa dos trinta. Parece ser jeitoso, acostumado a lidar com mulheres, especialmente as idosas. *O clima, sim, muito seco nessa época do ano, ioga é ótimo para a saúde, claro, não tem importância a senhora nunca ter feito, vamos começar do zero, acho até melhor, assim aprende tudo certo, já que é a primeira vez. Às terças e sextas, é necessário freqüentar pelo menos duas vezes por semana, no final da tarde há vaga, a turma não é muito grande, sim, é mista, não é bom turmas só com pessoas do mesmo sexo, pode vir amanhã às cinco, vou esperá-la na academia, as instalações são simples, vim do Sul há pouco tempo, ainda não pude comprar todos os equipamentos necessários. Ora, não tem importância, Anita elogiou o seu trabalho, muito gentil, a sua amiga, decerto.*

Esperou a terça-feira com ansiedade, doida para o tempo passar depressa e poder estar frente a frente com o dono daquela voz. Não bastasse a simpatia, a delicadeza de suas observações, ao telefone, ainda havia o nome, coisa mais bonita, Ângelo, qual seria o sobrenome?

Enfim, cinco horas da tarde. Veste a malha verde comprada para a ocasião, põe na bolsa as sapatilhas pretas, a toalha de bolinhas, escova de dentes, pente, creme, por cima a calça cáqui, camiseta preta, bolsinha na cintura, tudo novo, deu-se ao desfrute de comprar um pequeno enxoval, pois quer entrar na academia de cabeça erguida, sabendo-se bem arrumada. Aos sessenta e três, não se pode prescindir de alguns cuidados.

Chegando à academia, constata o que sempre soubera: Ângelo é belíssimo, mais simpático impossível, os cabelos cheios, mãos finíssimas e unhas polidas, sente que o conhece desde sempre, o homem mais encantador que já viu, perto dele todos são nada, *Ângelo, você é enorme, tão delicado e tão potente, transmitindo força e confiança.* Há os exercícios em que são imprescindíveis os toques, Ângelo segurando suas pernas para que fizesse o exercício da vela,

Ângelo sorrindo, corrigindo suavemente sua postura, com seu jeito zen e sua voz pétala de rosa. O medo de se apaixonar, *ele tem só trinta anos, não vai querer uma velha, será que não, não mesmo?* Ele falando sobre ioga, a importância de respirar bem, *ah, que vontade de fazer uma respiração boca-a-boca.*

Terminada a aula, o professor conversa com alguns alunos, enquanto Laura vai ao vestiário. Nem pensa em tirar a malha verde, quer se apressar porque tem medo de que ele saia antes, é a sua última aula do dia. Lembrou-se que, ao telefone, ele disse que estava fazendo um curso à noite, de massagem oriental, algo assim. Apressada, alcança o corredor, mas não mais o vê. Já teria saído, tão depressa?

Lentamente, resolve ir para casa, mas, antes, passará pelo parque, caminhará um pouco mais. A decepção não lhe tira o ânimo, logo chegará a sexta-feira, pensa, ajeitando na cintura a minúscula bolsinha presa ao cinto. Anoitece. O vento é agradável, depois do forte calor da tarde. Acha uma maravilha ficar descabelada, enquanto vai reconstruindo, cena por cena, o filme chamado Ângelo. De onde mesmo terá saído aquele rosto feito a pincel? Como pôde viver sessenta e três anos sem ver a boca vermelha, como se usasse batom, quase infantil? *Meu Deus, quero este homem! Talvez seja a minha oportunidade de conhecer as delícias da tal tórrida paixão.* Sim, só pode ser isso, é um presente da vida. Seria merecedora dessa dádiva? Pensa que finalmente alguém cantará para ela a antiga versão de uma música que tem o seu nome, com um estribilho "*Laura, quede a rosa nos cabelos/ Laura, quede o vale sempre em flor? / Oh, Laura, quede o teu sorriso? / Laura, quede o nosso amor?*"

Nunca gostou de cozinhar, mas decide convidá-lo para um jantar, cujo cardápio começa, imediatamente, a planejar. Algo bem simples, meio zen, professor de ioga deve gostar de saladas, uma infinidade de folhas de todos os tipos, até rúcula, verdura que detesta, a seu ver áspera demais para ser comida crua. Fica na dúvida se põe ameixa, sim, mas poucas, para a salada não ficar enjoativa. Como prato principal, um suculento surubim feito em camadas, muito fácil de fazer, receita de Ana Maria Braga, experimentou uma vez, unta-se o pirex com azeite doce, rodelas de batatas, cortadas finas, tomate sem pele picado, pimentão verde, cebola, grossas postas do peixe, cheiro verde, salsinha, mais azeite, um pouquinho de vinho branco, para quebrar o gosto forte do azeite, novas camadas até encher a vasilha, e depois forno quente, fica delicioso. Arroz branco, para acompanhar, e uma garrafa de vinho branco. Nem Robert Redford resistiria, ainda por cima se ela estivesse vestida para matar, com um vestido vermelho maravilhoso que vira numa vitrine na semana passada. Pensando bem, não é tão velha assim, tem lá sua beleza, vaga, sim, mas ainda beleza. Pode ser que ele se interesse, está na moda rapazes jovens namorarem mulheres maduras. Ainda mais um homem assim, afeito às coisas do espírito, filosofia oriental, zen, deve consultar o I Ching diariamente, os padrões estéticos muito próprios, pessoas iluminadas desse jeito não se submetem a valores estabelecidos.

Para enfeitar a mesa, comprará rosas vermelhas, enormes, colombianas, e alguns ramos de angélicas, têm um cheiro delicioso e será uma homenagem a ele. Pensando em flores, começa a inspirar e a expirar devagar, sentindo o vento, cada vez mais fresco. Lá está Vênus, o seu planeta estrela, *ó primeira estrela que eu vejo, dai-me tudo que desejo; se o cão latir, ele me adora; se a porta ranger, ele me detesta; se alguém assobiar, ele me ama*. E então ouve sons de passos, que parecem vir do lado do ipê amarelo. Cada vez mais próximos, os passos e as notas meio inaudíveis, que música seria? Ah, não, "Fascinação", numa hora dessas, é até covardia. Nem mesmo um congresso angélico poderia lhe trazer tanta luz, *deve ser ele, Ângelo, será que esqueci alguma coisa na academia e veio me entregar, ou quem sabe gostou um pouquinho de mim, não me achou tão velha, só pode ser isso, vou fazer de conta que não estou vendo, pelo menos não perceberá o meu assanhamento*.

Continua a andar, já ao som de "Fascinação", o assobio cada vez mais claro e próximo. Surgem outros passos, mais atrás. Alguém corre. Ouve-se uma voz fina e jovem, quase um grito: — *Espere,*

Ângelo. Desculpe o atraso, meu amor. Passei na academia, mas você já tinha saído. Acha que ainda dá tempo de vermos o filme? Estava brincando, eu gosto do Robert de Niro, sim. Vira-se rapidamente para a esquerda, escondendo-se atrás de um arbusto. Permanece agachada alguns minutos, enquanto o casal se aproxima. A moça aparenta uns vinte anos, é magra e tem cabelos longos maravilhosos, negros e lisos, como os das índias. Usa minissaia preta, botas e uma blusinha transparente, de alças. Quase tocando o arbusto, os dois param e se beijam. Prende a respiração, com medo de ser descoberta. Seria esse beijo o mais longo do mundo ou essa impressão é fruto da sua ansiedade? A voz emocionada de Ângelo repete várias vezes *eu te amo, Maíra, vamos marcar a data do casamento*. Os dois continuam a andar, abraçados, enquanto Laura, com câimbras de tanto ficar agachada, estica as pernas.

Começa a caminhar devagar, para tomar distância dos dois. A boca secou-se e sua língua parece estar cheia de pedrinhas pontiagudas, com gosto de caco de vidro. Sente uma leve tontura, embora os olhos continuem secos. O vento ficou mais forte e fustiga-lhe o rosto, parece que vai chover. Apressa o passo. *Ainda bem que descobri depressa, antes de convidá-lo para jantar. Obrigada, estrela, por ter me enviado o aviso.* Sente um arrepio enquanto ergue os ombros, com força. *Amanhã vou comprar um álbum para guardar as fotos de Aristides, que andam jogadas nas gavetas. Preciso organizá-las em ordem cronológica, uma a uma. Sim, é claro que farei isso.*

* * *

A sobrinha

O ônibus entra na cidade, devagar. Ela observa o que pode, pela janela. Até o momento, não há muito que ver. As ruazinhas são pequenas, acanhadas, como as do lugar que deixou. Parecem um pouco mais limpas e o movimento dos carros é maior. Está excitada com a chegada, quer descobrir a nova cidade, rever os tios. A bem da verdade, a tia, a irmã mais nova de sua mãe, pois o tio só viu uma vez, no dia do casamento deles.

Sempre adorara a tia Lili. Herdara de sua mãe o afeto pela mulher miúda, generosa e linda. De parar o comércio, como o avô João dizia. Era prendada: bordava, costurava, desenhava, fazia doces finíssimos. Para completar, lecionava História para o segundo grau, excelente professora. Na cidade onde nasceram, terra de plantio de café, gostar de Lili era natural. Conversava com todos, não fazia distinções entre pobres e ricos, cultos e analfabetos. Fora uma das jovens mais animadas da região, os bailes que organizava eram memoráveis. Até tocar violão e acordeom aquela tia animada aprendera. Nas festas, era a última a deixar o salão e a primeira a chegar à igreja, poucas horas depois, para a missa das seis. Como cantava no coro, não faltava nunca. Possuía linda voz, que exercitava sempre que havia oportunidade, em cânticos sacros ou profanos. Nas festinhas, sempre lhe pediam que cantasse "Suave é a noite": "*É tão calma a noite/ A noite é de nós dois/ Ninguém amou assim/ Nem amará depois/ Tudo tem suave encanto/ Quando a noite vem/ A noite é só nossa/ No mundo não há mais ninguém*". Participava das serenatas, ajudava casais de namorados, espécie de conselheira nata, embora na época fosse apenas uma adolescente.

Lili tivera um noivado quase relâmpago. Ninguém sabia ao certo quem era Fábio, que conheceu numa estação de águas, quando acompanhara o pai num de seus tratamentos para reumatismo. Era a caçula de quatro irmãos. O que todos viram foi a sua alegria quando chegou de viagem e, meses depois, o brilho de sua aliança, na mão esquerda. Sem falar no delicioso bolo servido no salão da igreja, que ela mesma preparara, acompanhado de sidra e guaraná.

O motorista estaciona o veículo. Sonolenta, Cecília passa o pente nos cabelos lisos, antes de pegar a maleta, no bagageiro. Aparenta menos de catorze anos, sua idade verdadeira, talvez por causa do rabo de cavalo, preso com um arranjo de pérolas falsas. *Que frio terrível*, pensa, enquanto alcança a porta. Na acanhada rodoviária, logo avista Fábio, que veio sozinho. Grávida de oito meses de gêmeos, Lili ficara em casa esperando a sobrinha. *Sua gravidez é de alto risco, está com pressão alta*, explica Fábio. *Por isso, vim buscá-la sozinho. Quero que a ajude, Cecília. Lili anda muito nervosa.*

Sua aparência nem faz lembrar a do dia do casamento. Passaram-se apenas quatro anos, mas agora tem profundas entradas na testa e um pouco de barriga. Não é mais o jovem daquela tarde. A idéia de mandar buscar Cecília para ajudar a tia nos serviços de casa fora de Fábio. A mãe queria que estudasse e na cidadezinha do café não havia segundo grau. Iria fazer as duas coisas, estudar e trabalhar. Os gêmeos, que se chamariam Fábio, como o pai, e Fabiano, logo nasceriam e a trabalheira iria aumentar. A primogênita, Liliana, tinha apenas dois anos.

Ao chegar a casa, admirou a beleza do jardim bem cuidado, especialmente da estufa de orquídeas da tia. Adorava flores. Assustou-se com o tamanho da barriga de Lili. Mal conseguia andar, de tão pesada, mas o sorriso permanecia o mesmo. *Venha, querida, tome um banho quente, parece tão cansada! Vamos esquentar uma sopa, é de inhame com lingüiça, como as de nossa cidade. De sobremesa temos pudim de leite condensado.*

Exausta, depois de viajar dez horas de ônibus, Cecília adormece no sofá, sem sequer provar a sopa. Tem a impressão de que Fábio a carrega para a cama. Ou seria um sonho? Excitada, acorda de madrugada com um barulho na cozinha. Logo depois há um grande sossego, mas acredita ter sentido o perfume da lavanda que o tio usa. *Não deve ser nada, vou dormir de novo, amanhã tenho de ajudar a tia Lili.*

Na primeira semana, mal consegue provar a comida. Adivinha-lhe o delicioso sabor, pelo aroma, mas tudo é novo para ela e a saudade de casa aumenta, a cada dia. Não que seja maltratada, a tia continua a mesma, tão generosa que, desde sua chegada, comprou metros e metros de tecido e já lhe costurou vários vestidos. *Você estava nuazinha, coitada, não sei como Regina deixou-a viajar assim, afinal, vocês nem são tão pobres. Já pedi a Fábio que a leve para comprar sapatos, os seus estão surrados e não combinam com as roupas que lhe fiz. Como posso lhe dizer que não gosto de morar fora de casa? Que sinto falta de meus pais, do avô, das amiguinhas e do gosto do café torrado na hora? Que, embora todos sejam bons para mim aqui, quero minha casa, minha velha cama, meu colchão listado? Sei que não posso abandoná-la agora, antes do nascimento dos gêmeos. Como faria para cuidar deles sozinha, nessa cidade onde quase não conhece ninguém e ainda por cima com uma menina de dois anos?*

Esforça-se para se adaptar. A cidade não é grande, mas muito maior que a sua e é banhada por um rio fundo e largo. O calor é quase insuportável e só consegue dormir nua. Provavelmente por causa da vegetação em torno das margens, há nuvens de pernilongos, que teimam em entrar pela janela, ao anoitecer. Há que fechá-las correndo, caso contrário ninguém consegue dormir. Tem a esperança de que, quando as férias terminarem, sua vida melhore. Quer deixar de se sentir desterrada, solta, sem raiz. Seu maior sonho sempre foi estudar, estudar muito, ser uma doutora. A cada dia, contudo, percebe que terá de pagar um preço alto. Há anos deixou para trás a época da inocência, se é que a viveu, mas aferra-se a um pouco de fantasia, e dorme agarrada com o livro de contos de Andersen. Se pudesse ser como ele, um escritor, um criador, possuir uma máquina de fazer sonhos, *ah, vale a pena agüentar qualquer coisa, para poder escrever, um dia.* Invariavelmente, adormece imaginando pilhas e pilhas de obras de sua autoria nas vitrines das livrarias, nas bibliotecas das escolas, vê filas de alunos carregando livros em cujas capas se lê Cecília Oliveira, todos a chamando de senhorita escritora. Seu desejo é tão forte que lhe dá medo. E se não conseguir realizá-lo, como poderá continuar vivendo? Então se lembra que o avô João dizia que quando se quer muito, de verdade, uma coisa, ela vem ao encontro da pessoa, mais cedo ou mais tarde. Estaria certo o avô?

Lili vai ficando ainda mais pesada. Fábio deixa a loja de ferragens várias vezes ao dia, para vir tomar café em casa. Tia e sobrinha correm para servi-lo, passando cafés frescos toda vez que aparece. Lili acha graça da preocupação do marido com a gravidez dos gêmeos. *Quando esperava Liliana, Fábio não ficou como agora, tão amoroso.* Cecília admira o tio, cujo afeto pela esposa lhe parece imenso. Lê tudo que consegue encontrar sobre o cultivo de orquídeas e planeja o seu futuro, quando for escritora e tiver a sua própria estufa. Se não quisesse tanto escrever, escolheria a Botânica. Tem muita vontade de descobrir formas diferentes de cultivo, enxertando, misturando cores e criando novas flores, com desenhos, cores e texturas diferentes. Sonha com uma orquídea negra, imensa, magnífica. A saudade de casa persiste, mas gosta muito da tia Lili e procura cumprir seus deveres com capricho, para agradá-la. Trabalha duro, quase sempre ao som da voz de Lili, repetindo: "*É tão calma a noite/ A noite é de nós dois/ Ninguém amou assim/ Nem amará depois...*" A única tarefa inteiramente feita pela tia é o preparo da comida, do qual não abre mão.

Certa noite, acordada pelo calor, Cecília enrola-se no lençol e vai à cozinha beber água. No escuro, não percebe a presença de Fábio. De volta ao quarto, sente quando lhe puxam o lençol. E depois o peso do homem, com a mão em sua boca, dizendo *não grite, sua boba, você não quer que sua tia sofra, quer?* Resistir não adianta nada, ele é muito forte. Mas é difícil acreditar, então aquele tio prestativo e bondoso é esse bicho, que a obriga a fazer o que não quer? Sempre com a mão em sua boca, Fábio a manda fazer coisas estranhas, de cuja existência sequer suspeitava. Apertando o seu pescoço, obriga-a a virar-se de costas, para ela a pior parte do suplício. Horas depois, ou meses, ou anos, não sabe mais, ele a deixa. Como se não acreditasse no ocorrido, acende a luz. E então vê o lençol sujo de sangue, muito sangue, as coxas manchadas, as marcas de mordidas nos seios brancos e pequenos. A manhã vem encontrá-la sem pregar o olho, ardendo tanto que não pode andar direito.

Antes que as pessoas da casa acordem, caminha com dificuldade até à ponte mais próxima. Não sabe calcular durante quanto tempo fica olhando o rio, a mansidão daquelas águas passando, passando. Pensa que seria muito bom se tudo fosse assim, passageiro, calmo, sem deixar vestígios. Vê pequenas canoas de pescadores, com seus anzóis, saindo para a pesca do dia. Se conseguisse chorar, certamente se sentiria melhor, mas os olhos estão tão secos que queimam, pura ardência. E agora? Como encarar a tia Lili depois de tudo? E se Fábio quiser repetir aquilo? Intui que não pode contar à mãe, em cuja discrição não confia. Avalia as possibilidades uma a uma e, mal termina a enumeração, repete o raciocínio todo outra vez. A idéia de fugir lhe parece a mais apropriada. Não tem nenhum dinheiro, mas lembra-se do cordão de ouro grosso guardado no fundo da maleta, presente do avô. E tia Lili, como reagiria? Iria odiá-la? Desconfiaria do motivo da fuga? E se passasse mal, no estado em que se encontra? Como ficaria a pobre Liliana, sem ninguém para acalentá-la, a poucos dias do parto da mãe? Quanto mais pensa, mais confusa fica. Anseia por um banho, um banho imenso, capaz de limpá-la daquela sujeira. Sabe que não teve culpa, mas se sente a menina mais suja do mundo. Se pudesse voltar atrás, jamais teria deixado a cidade do café. Mas não adianta lamentar, disso tem certeza. Resolve voltar para casa, a tia já deve ter despertado e descoberto que saiu.

Como desculpa, passa na padaria e compra os pães, como faz todas as manhãs. A senhora idosa que cuida do caixa nota-lhe a palidez e pergunta se está doente. *Com um pouco de dor de cabeça, sim. Olhe, tome um café com leite e depois este comprimido, vai melhorar, deve ser um princípio de gripe, meu filho está assim há dias, por causa do maldito calor*. Faz o que a mulher diz, desde a véspera sente que não tem vontade própria. E depois, lentamente, caminha até a casa, encontrando Lili no jardim. *Onde você estava, minha querida? Está mancando, machucou-se?* Não, não foi nada, é que tropecei numa pedra grandona, em frente à padaria. *Entre, menina, vamos por a mesa do café. Logo Fábio estará de pé, hoje temos muito trabalho. Além disso, daqui a poucos dias vou para o hospital e temos de deixar seus cadernos arrumados, os livros comprados, para o início de suas aulas, não quero que perca um só dia.*

Quando entra, vê Fábio saindo para o trabalho e não o encara. Ele diz que não há tempo para o café, vai ter muito serviço, precisa abrir a loja mais cedo. Lili estranha o comportamento do marido e comenta com Cecília, mas depois sacode os ombros e vai arrumar a maleta dos bebês. Quer deixar tudo preparado, pois pode ir para o hospital a qualquer momento.

Lava os lençóis com cuidado, pelejando com as manchas de sangue, que não querem sair. Enquanto cuida da casa, traça seu plano de fuga. Inventa uma história comprida para contar à mãe, uma história de saudade incontrolável, especialmente do avô, pois sabe que isso a enterneceria. Sente dor por ter de deixar a tia nessa situação e remorso pelo que aconteceu, mas nada comparável à raiva daquele homem detestável. E se o desmascarasse? Não seria bom livrar a tia de uma pessoa assim? De que serve um marido com tal caráter? Ao mesmo tempo, intui que vai levar a culpa, que, por mais que a ame, Lili vai acreditar em Fábio, o pai de Liliana, o pai dos meninos cujos rostos não conhece, Fábio e Fabiano. Talvez pensasse que a sobrinha o provocou, que o convidou para ir ao seu quarto, sabendo-a gorda e inchada, pesada demais para o amor. E depois, quem sabe até perdesse os bebês, com o choque. *Não, melhor não dizer, ela vai sofrer demais, não é justo.*

À noite arranja as suas coisas, tomando o cuidado de deixar os vestidos presenteados pela tia dentro do armário. Acha que não tem o direito de levá-los. Depois muda de idéia e pega o vestido xadrez, só ele, tão bonito e moderno. Decide esperar que todos adormeçam, para que ninguém a veja sair. Talvez tenha que passar a noite na rodoviária, pois só há ônibus no dia seguinte. Começa a ensaiar o que dizer ao moço que vende passagens, como vai fazer para comprar a sua com um cordão de ouro. Já é tarde quando consegue escapar, mancando por causa da ardência na virilha e do peso da maleta.

Enquanto espera a abertura do guichê da venda de passagens, cochila. Horas depois é acordada por Fábio: *Menina, o que está fazendo aqui? Já rodei toda a cidade à sua procura. Onde vai, sozinha e sem dinheiro? Volte comigo para casa, não pode ficar aqui a noite inteira. Não se preocupe, nunca mais vou fazer aquilo, estou desolado, juro pelos meus filhos que vão nascer.*

Exausta, acompanha-o até a casa. Tem vontade de chorar, por não saber se acredita ou não na promessa do tio. Seria sincero o seu arrependimento? Ao ver a aflição de Liliana, de pé até àquela hora, sente remorso e pena. *O que aconteceu? Onde estava? Nada não, tia. Foi só saudade de casa, muita saudade. Nas férias você verá a sua mãe, é só uma questão de tempo. Acredite em mim, tudo vai dar certo.*

Um cansaço imenso a invade. Senta-se no sofá, ao lado de Fábio. Solícito, ele lhe oferece uma xícara de chá de erva-cidreira e, enquanto a tia vai buscar biscoitos na cozinha, olha demoradamente as suas pernas, colocando os braços em torno de seus ombros. O líquido quente faz com que suas lágrimas desçam mais rapidamente.

* * *

O arroz de Lucília

Debaixo do pé de abacate, ouve baterem à porta. O quintal é longe e tem de correr para abri-la. Reconhece Josué, apesar da luz fraca. Ele lhe diz que Tomás está tendo um encontro clandestino, na cidade vizinha, distante trinta e poucos quilômetros. Oferece para levá-la, no seu velho caminhão. Troca de roupa rapidamente, calça sapatos, passa um pente no cabelo. No trajeto, estão sérios, não conversam. Antes mesmo de chegarem à cidade, há uma fileira de hoteizinhos. Entram no terceiro. Conversam com a moça da portaria. Esperam. Nada de Tomás.

Josué, o motorista do caminhão, é amigo de Lucília há décadas. Ele também toma seus tragos e, como Tomás, às vezes exagera um pouco. Mas não trai sua mulher ou, se o faz, guarda reserva. Nunca ninguém ouviu, na cidadezinha, comentários a respeito. Ela volta desapontada para casa, pois sua raiva é tão grande que queria bater nos dois, descarregar. Josué lhe garante que Tomás estava lá, deve ter havido um desencontro. Deixa-a na porta de casa, os cabelos despenteados pelo vento.

As fanfarronices do marido espicaçam seu amor-próprio. Ele vive apregoando aos quatro ventos as virtudes de Cássia, entre as quais se encontra uma maneira especial de fazer arroz. Até as crianças da rua repetem a frase "o arroz da Cássia", quando querem se referir a algo sem igual, esplêndido. Dizem ser o mais solto que já se viu. *Ora, arroz solto demais está sempre cru*, pensa com desprezo. De nada adiantaram os seus trinta anos de uma dedicação quase religiosa, os seus milhares de arrozes. A bem da verdade, secretamente e não tão secretamente sente desprezo por Tomás, seus modos bruscos, seu jeito de não limpar a boca às refeições, suas roupas que não combinam, blusa roxa e calça preta, seu terno de linho branco fora de hora, seus impensáveis pares de meias cor de abóbora, seu cheiro de Madeira do Oriente. Despreza, sobretudo, sua falta de gosto, sua deselegância. Amor e desprezo, raiva e compaixão, é a mistura que a vem corroendo, há anos.

Namorou César, um mulato tocador de violão, mais velho do que ela muitos anos, que fazia serenatas. Era amigo do pai, que o estimava muito, mas não queria o casamento. O presente mais bonito que ganhou foi dado por ele, um estojo de pó-de-arroz Lady, o único que se vendia na época. Lavava a roupa dos irmãos no tanque do quintal e cantava uma música carnavalesca, quando o pai lhe *disse canta não, filha, canta não, o César morreu.* Daí a alguns meses conheceu Tomás, um rapaz franzino cuja família era de outra região do Estado. Não fazia nada de diferente, não sabia tocar instrumentos, tinha pouca cultura. Possuía, contudo, uma lábia como poucos, era um tremendo "bico doce", fazedor de frases de efeito. Havia estado no Exército, pensou em seguir carreira mas, indisciplinado, acabou voltando para viver com a família.

O pai tampouco queria o casamento com Tomás, mas desta vez foi menos enfático. Achava-o pouco para ela, afinal, era filho de um apontador de trilhos da estrada de ferro em construção, mas as razões econômicas eram menos relevantes, ele mesmo um comerciante inexpressivo que anos mais tarde veio a falir, de tanto vender fiado. O principal defeito do genro sempre foi, para ele, a falta de linha, a franqueza exagerada, a ausência de tato.

O namoro transcorreu sem grandes problemas, era uma época de formalidades. Nunca se encontravam a sós, havia irmãos por toda parte, ela tirando riscos de bordados com papel de seda, enquanto Tomás admirava-lhe a habilidade manual. O casamento foi conseqüência natural do longo namoro, logo que surgiu uma casa para aluguel. Muito pobres, tiveram de alugar uma casa pequena e modesta, numa rua afastada, já quase fora da cidade, no caminho de um povoado.

O primeiro ano de casados foi quase feliz. Logo nasceu Luís, o primeiro filho. Tomás montou uma marcenaria, sempre foi talentoso e trabalhava muito bem com madeira. Os armários que fazia ganharam fama nas redondezas, pois eram bem cortados e bem acabados. Fazia móveis de todos os tipos, até mesmo caixões, dada a inexistência de casas funerárias. Jamais conseguiu dar à família uma vida confortável. Tinha muitas despesas com empregados, além da madeira, de primeira categoria, que pagava à vista. O dinheiro que ganhava daria, se fosse mais organizado e menos apaixonado pela bebida e pelo jogo de cartas.

Lucília percebeu logo que havia se casado com um farrista, mas o amava muito e acreditava que o seu amor poderia fazê-lo mudar de vida. Não querendo ceder às evidências, estava sempre esperando o melhor. Como não evitava filhos, gerava um a cada ano e logo tinha seis. Sabia das aventuras dele e detestava seu hábito de passar os domingos fora, sabe-se Deus onde. De certo mesmo, só havia o fato de que saía logo de manhã, arrumado, terno bem passado, chapéu Panamá e voltava de madrugada, cheirando a perfume barato e com marcas de batom vermelho na camisa branca. Ele respondia com agressividade às perguntas, ninguém conseguia fazê-lo dizer a verdade.

A vida em comum era instável, mas ia agüentando, ora calada, ora soltando certos comentários, alguns bastante ferinos. Geralmente, Tomás não dizia nada, fingia estar escutando, mas só fazia o que queria e só queria coisas extravagantes, tais como jogar, viajar, desaparecer por três dias, durante o carnaval, comprar presentes para suas amantes a crédito e deixar que a cobrança fosse feita no endereço de sua casa. Era assim, exagerado, impetuoso, imprudente e incorrigível, adolescente além do tempo permitido.

Desesperançada de receber amor, ela passou a vigiar obsessivamente o dinheiro de Tomás. Queria que seus filhos tivessem o melhor, dizia estar defendendo os direitos deles, que julgava sagrados. Tal atitude não resolvia nada, do ponto de vista prático, pois ele continuava gastando quase todo o dinheiro da confecção de móveis com mulheres e companheiros de farra.

Josué volta a procurá-la: Cássia, a que assina o melhor arroz do mundo, está na cidade tratando de dentes com o dentista da família, que não possui diploma, considerado o melhor prático da região. O amigo pede desculpas, mas diz que não podia deixar de avisar, afinal era afilhado do pai dela, tem consideração por toda a família. Acha a atitude de Tomás muito desaforada, trazer a amante ao lugar onde mora, para tratar de dentes com o dentista de seus próprios filhos, que ousadia!

Furiosa, Lucília manda a filha caçula chamar sua irmã, para tomar conta da casa, enquanto pega na cozinha um velho cabo de vassoura. Atira longe o lenço que usa na cabeça, para cozinhar, troca rapidamente de roupa, calça suas melhores sandálias e sai às pressas, para o consultório de Mário, o prático. Não conhece Cássia, ainda não teve o desprazer, mas confia em Josué, de quem o pai gostava muito, quando vivo. Sabe que a figurinha que irá encontrar está levando praticamente todo o dinheiro da família.

Chegando ao consultório, vai logo metendo o cabo de vassoura na porta, que está entreaberta. Sentada, naquela ridícula posição com a boca bem aberta, está uma loura minúscula, de vestido roxo e sapatos brancos. Mário fica assustadíssimo e começa a gritar socorro, nervoso demais para tentar acalmá-la. Começa o quebra-quebra. Aparelhos odontológicos voam por toda a parte, nada fica a salvo da ira de Lucília e seu cabo de vassoura. Covarde, o dentista protege o rosto com os braços. Cássia é arrancada da cadeira de dentista à força, não se sabe se tem na boca alguma agulha. Chora alto, diz que não tem culpa, não queria vir à cidade deles, foi Tomás quem insistiu e ela precisava tratar dos dentes. Mário faz menção de telefonar à polícia, mas depois se lembra que o aparelho está mudo, desde a véspera. O cabo de vassoura vai destruindo tudo: próteses prontas, dentaduras perfeitas, vidrinhos, pipetas, motores, o pacote de cimento branco é jogado longe, fazendo uma nuvem que parece de talco, há parafusos quebrados. Como se não bastasse o efeito de sua arma, Lucília sapateia sobre os cacos, aos gritos.

Atraídas pelo barulho, pessoas começam a chegar. Ninguém quer ficar muito perto. Uma pequena multidão vai se formando na calçada do outro lado da rua. Curiosas, as pessoas da cidadezinha querem saber o que se passa com Lucília, sempre tão controlada e avessa a baixarias. Querem ver, também, a famosa (por causa do arroz) prostituta, pivô da história. A mocinha miúda, que apenas conseguem vislumbrar, causa-lhes decepção. Então a confusão toda era por causa de uma loura oxigenada, magra e baixinha?

Um rapaz que está observando a cena é amigo do filho mais velho do casal e vai até à casa avisá-lo. Quando chega, Luís fica assustado, tentando tirar a mãe do local, a todo custo. Um pouco mais calma, ela agora se dedica a quebrar os cacos, meticulosamente, em pedacinhos menores. Não xinga mais, parece envelhecida e exausta, com o suor escorrendo pelo braço magro. Logo depois vem chegando Tomás, chamado não se sabe por quem, na marcenaria. Vem de cabeça baixa, pálido, com passo hesitante. Entra no consultório, enquanto a multidão assiste a tudo. Puxa Lucília pelo braço, de maneira quase cortês, para levá-la embora dali, o mais rápido possível. E lhe diz calmamente, quase sussurrando: — *Vê o que você fez, isso é jeito de se comportar?* Ela não se dá ao trabalho de responder, desvencilhando-se.

Volta para casa sozinha, cabeça erguida e passo altivo, como uma guerreira que acaba de receber um troféu. Agora que não é mais necessário, o cabo de vassoura é deixado no assoalho do consultório. Não olha para as pessoas, só para frente. Parece nem ver que o carro da polícia se aproxima, sirene ligada, em meio ao alvoroço.

Levado para a delegacia, Tomás é detido. O delegado colhe seu depoimento, enquanto um dos guardas tenta, em vão, acalmar Cássia, que tem pequenos hematomas no rosto e nos braços. Não se sabe como, surge um homem que a leva de volta à sua cidade, da maneira mais discreta possível. As pessoas se aglomeram em frente à calçada da cadeia pública, em busca de novidades. Uns dizem que Tomás passará a noite ali, outros comentam que apanhou da polícia, e ainda há os que não dizem nada, mas não arredam o pé do local, de medo de perder o posto.

De volta a casa, Lucília prepara o jantar das crianças, como se nada tivesse acontecido. Recebe a visita de seu irmão e da cunhada, que parecem mais nervosos do que ela. Há um quê de triunfo em seu rosto, vermelho pelo esforço despendido. Um dos filhos traz a notícia de que Tomás vai passar a noite na cadeia. Suas olheiras, de repente, parecem mais escuras e as varizes nas pernas maiores. Percebe-se claramente que algo de novo aconteceu, que ela começa a duvidar de sua atitude. O ar confiante de minutos antes desaparece quase por completo. Sua raiva desvaneceu-se, dando lugar à tristeza. Aparentando dez anos a mais, começa a encher um prato com arroz - esse, o mais primoroso, o mais lento que já fez - acompanhado por feijão, torresmo, lingüiça, couve picada e angu, além de jiló, o que o marido mais aprecia. E depois, falando muito baixo, como se rezasse, diz a uma das filhas: — *Tome, leve para o seu pai, na cadeia. Diga a ele para comer depressa, antes que esfrie.*

* * *

A fita vermelha

"Partiu, na caravana da ilusão/ que tem o ouro do sultão/ para cantar em seu louvor. / Partiu, a terra inteira entristeceu/ todo o deserto emudeceu/ e o céu de Alá chorou de dor."

Rita cantava, enquanto socava amendoim no pilão, para fazer a farinha que os meninos adoravam. Viúva aos vinte e sete anos, com oito filhos, dera duro para criar a família. Costurava, bordava e revendia bananas, que comprava ainda verdes, vindas da roça. Não fazia costuras finas, só camisas de homem, "de briga", como gostava de dizer. Eram de algodão grosso, como quase todos os tecidos da época. Não quis mais saber de homens, depois da viuvez. Sequer recebeu herança ou pensão, pois a loja do marido falira poucos meses antes de ele morrer.

Ninguém sabia quando Rita tinha nascido. No início do século, talvez. Tinha rosto oval, olhos negros, era esguia, porte altivo. Escondia o corpo em largas saias escuras, compridas e camisas pretas de pintinhas brancas. O luto fechado só era quebrado nos pequenos desenhos claros das blusas. O cabelo, que batia no meio das costas, era preso num coque frouxo e baixo. Não usava enfeites ou jóias, com exceção da aliança de casamento, que conservou no dedo até morrer.

Ia socando o amendoim e cantando com a voz cuja dureza só era quebrada nesse momento. E, de repente, soube. Largou o pilão, lavou o rosto, refez o coque e, quase correndo, foi para a sacristia. Bateu na porta várias vezes, chamando o padre Miguel. Ninguém respondeu. Voltou para casa, sem prestar atenção no caminho, já bastante escuro. Talvez não fosse o que pensava, quem sabe Marieta estava em casa? A mais prendada de suas filhas, a melhor bordadeira, que sabia criar riscos de bordado originais e que desenhava como nenhuma delas. Andava estranha, nos últimos meses, o rosto sempre em brasa, apressada, sem olhá-la nos olhos. Tinha percebido a esquisitice, mas nunca a encontrava para conversar, ela às voltas com as reuniões da Legião de Maria, os serviços da igreja, a troca de flores das jarras, a limpeza dos altares e a lavagem das toalhas de linho, bordadas com motivos sacros. As outras irmãs não podiam mais contar com a sua ajuda na extensa lista de serviços domésticos: Marieta estava esquiva, desligada, ausente.

Voltando a casa, terminou de socar a farinha de amendoim, guardando-a numa grande lata. Serviria como sobremesa para os filhos e para a merenda da escola dos menores. Preparava os farnéis com esmero, banana ou batata doce cozida, com açúcar e canela, acompanhada de pão ou farinha. No quintal, que ia até à beira do rio, criava galinhas para vender e para o consumo da família. O dia inteiro batiam à porta para comprar ovos. Aproveitava tudo: até dos ovos guardava as cascas, para socar junto com a farinha, pois um dia um viajante lhe disse que elas fortificavam os ossos e os dentes das crianças. Só não vendia de jeito nenhum a representante mais feia do galinheiro, apelidada de *pescoço pelado*, sua predileta.

Foi à porta, ver se aparecia pelo menos sombra de Marieta. Nada. E o padre Miguel, onde teria se metido? Umas cinco semanas antes ele a havia procurado, pedindo autorização para enviá-la a um colégio interno de freiras, localizado em outra cidade. *A senhora compreende, dona Rita, sua filha é muito inteligente e não pode ficar sem estudar. Soube que há vagas no colégio das irmãs carmelitas e a senhora não vai pagar nada, ela mesma vai trabalhar lá e pagar os estudos. Será uma normalista, dona Rita. Temos que pensar no seu futuro.* Desconfiou do interesse do padre, coisa mais estranha ele se preocupar tanto com Marieta, mas acabou achando que era maldade da sua cabeça, o coitado sabia que era uma viúva sem recursos e talvez só quisesse ajudar. Relutando, concordou e imediatamente começou a preparar o enxoval. Tinha notícia de que as freiras eram exigentes com o enxoval das alunas. Comprou vários sacos de arroz e de farinha e, depois de clareá-los ao sol, com água sanitária e anil, emendou-os para fazer os lençóis, cobrindo as emendas com pespontos e fitas. Ficaram claríssimos. As colchas foram feitas de retalhos dos panos de camisa. Trabalhou dias na confecção dos uniformes, com restos de calças velhas, que tingia de azul-marinho com tinta Guarani. Só para os sapatos não havia solução, teria de comprá-los. Para conseguir o dinheiro, fez vários tachos de goiabada, à noite, que os filhos homens vendiam pela manhã.

Como detestava ficar à toa, começou a cortar umas camisas que um fazendeiro havia encomendado. "*E quem, já tem palácios, tem harém/ entre as demais terá também/ a minha única ilusão*". O som de sua voz era abafado pelo motor da máquina Singer, que pedalava sem parar. E depois o silêncio da noite, os meninos dormiam cedo, com as galinhas, e nada de Marieta. Pensou em perguntar aos vizinhos, mas não quis que soubessem que desconhecia o paradeiro da filha. Onde estaria, a uma hora daquelas?

Resolveu voltar à casa paroquial, em busca de alguma notícia. Pegou o xale preto e, quase correndo, chegou ao local. Não abrem a porta, mas a zeladora diz lá de dentro: *o padre Miguel viajou, só volta na semana que vem. Foi à capital visitar os pais.*

O caminho de volta foi feito com o coração apertado. Por que não ouvira sua intuição? Não havia colégio algum, o padre levara Marieta para algum lugar desconhecido. Um lugar onde enxoval era desnecessário, aquela trabalheira fora para nada, as pilhas de lençóis completamente inúteis, ah, que mentirosos, aqueles dois. Sentiu um profundo horror do que estava por vir: seria alvo dos comentários de toda a cidade, diriam que fora conivente, não soubera criar os filhos, que uma mulher sozinha não dá conta de uma família, meu Deus, que vergonha! E o casamento da mais velha, será que o noivo manteria o compromisso, depois disso? O que diria a mãe dele, tão metida, lá da capital? As meninas menores continuariam sendo convidadas para as festas nas casas? Pensou na inutilidade daqueles anos sacrificados, nos quais se esmerara para manter a dignidade da família. Sentiu ódio daquela filha egoísta, apaixonada por quem não devia.

"*Porém, se arrependida ela voltar/ eu sairei para a encontrar/ na caravana do perdão*".

Quase de manhã, e não pegara no sono. Decidiu levantar-se assim mesmo, pois lhe era impossível dormir depois das cinco, o horário habitual de começar as tarefas diárias. Pé ante pé, foi espiar o quarto das moças: as outras três dormiam sossegadas, e nem sinal de Marieta. Acendeu o fogão de lenha para o mingau de aletria e depois esquentou um grande caldeirão de água para lavar-se. Resolveu ir à missa das seis para ganhar tempo, pois tinha uma encomenda de dez camisas, ainda sem cortar.

Na igreja, sentou-se no segundo banco, como de costume. No início não percebeu, mas pouco a pouco foi observando os olhares voltados para ela. Fez de conta que não viu, puxando o grande rosário de cristal, presente de casamento do marido. Começou a rezar e poucas vezes os mistérios dolorosos foram recitados por ela com tanta fé. Nem se deu conta de que o celebrante da missa seria o monsenhor, que acabava de chegar ao altar. Rezava para que a filha voltasse, com explicações plausíveis para o desaparecimento.

De cabeça baixa, ainda nos mistérios dolorosos, não viu quando o monsenhor desceu do altar, postando-se à sua frente. Então começaram os gritos: *saia já daqui, excomungada, não pode permanecer na casa de Deus, a senhora ajudou a rameira da sua filha a fugir com o padre Miguel, aquela prostituta o desencaminhou, ele largou a batina por causa dela. Saia já, é indigna de estar aqui, a sua presença suja esse ambiente sagrado. Devolva-me a fita da irmandade do Coração de Jesus, não poderá usá-la mais, nunca mais, agora não passa de uma excomungada.*

Tentando esconder o tremor das mãos, tirou a fita do pescoço, devolvendo-a em seguida. A igreja estava repleta, não havia mais lugar nos bancos. Sentindo sobre si todos os olhares, após a devolução da fita dirigiu-se à saída, caminhando devagar, com medo talvez de tropeçar, a cabeça bem erguida. O monsenhor ainda não retornara ao seu lugar, no altar, pois esperava a sua saída para dar início à celebração da missa. Para chegar à porta central havia que atravessar um longo caminho, a igreja era grande e ampla. A uns quatro metros da porta, voltou-se e exclamou alto, com sua voz forte: *o senhor pode proibir a minha permanência aqui, pode me tomar à força a fita da irmandade, mas não pode me excomungar. Sabe por que? O senhor não é Deus, é apenas um homem vestido com uma batina.*

Desceu a comprida escadaria lentamente, para não cair. Ninguém a seguiu e nem ousou olhá-la. Caminhou até a casa, segurando o véu negro e a sombrinha, mantendo a coluna bem ereta. Sabia que não poderia mais se confessar e a comunhão, da qual participava todos os dias, lhe estava vetada. Teria de acostumar-se a rezar sozinha, em casa, dali para frente haveria somente ela e seu rosário de cristal. O momento da consagração da hóstia, que tanto a comovia, não mais existiria para ela. Levou a mão ao pescoço, por força do hábito, para tocar a fita vermelha. E só encontrou o próprio coração, que batia fora do ritmo.

* * *

Sombras tenebrosas

O castelo em Edimburgo era enorme, com pesadas cortinas de veludo vinho. Havia almofadas por toda parte, de brocado dourado. As janelas davam para um parque amplo, cheio de flores vermelhas. Ela vestia uma camisola fina, branca, enfeitada de fitas. Trazia os cabelos presos no alto da cabeça, o que lhe emprestava um ar mais maduro. Caminhava pelos quartos, com seus chinelos macios, sem fazer barulho. Talvez procurasse alguém.

Avistou-o. Vinha pelo parque com sua capa negra, nariz adunco e grandes entradas na testa. Passou por ela, olhou-a e subiu as escadas. Suas pernas tremiam. Mesmo no inverno, vestia-se com um tecido transparente. Os fascinantes olhos lhe faziam mal, mas não podia desviar o olhar. Gostava daquele homem, embora o temesse. Ele sobe para o quarto, onde há um grande esquife no centro. É quase de manhã e deita-se, apressado.

Zilá acorda. Quase todas as noites sonha com o vampiro Barnabas Collins, personagem principal de "*Sombras Tenebrosas*." Não perde um capítulo sequer do seriado, transmitido tarde da noite. Regula o botão de volume no mínimo, para que sua madrinha não implique. O padrinho, este dorme há horas, acostumado a deitar-se cedo.

Desde que a buscaram na fazenda, para estudar na capital, faz de tudo para imprimir novo ritmo à vida. Como não tiveram filhos, os padrinhos se encarregaram de sua educação, logo que completou catorze anos. Com o lucro da revendedora de carros, puderam comprar um apartamento de cobertura, onde sobram quartos e obras de arte.

Sente saudade da vida livre que levava antes, andando pelos matos e córregos da pequena propriedade de seus pais. Passava o tempo ordenhando vacas, catando contas de lágrimas, apanhando flores e taboas. Cultivava uma horta com almeirão e couves gigantes, que adorava. Isso sem falar nos vasos de samambaia chorona, que, de tão viçosos, atraíam a atenção de quem passava na estrada. Raramente calçava sapatos ou punha vestidos, metida em largas camisas e calças de brim. Tinha apenas um irmão mais novo, que carregava em suas andanças.

O único problema da roça era a falta de escola, depois dos primeiros anos de aprendizado. Praticamente, só era possível aprender a ler, receber noções básicas de Aritmética e de Geografia e História. Em geral, as moças e rapazes da região ficavam por ali mesmo, repetindo as tarefas aprendidas com os pais, permanecendo na casa após a morte deles.

Para Zilá, os padrinhos queriam um futuro diferente: teria de se formar em Direito ou Medicina. Provavelmente por causa da pouca idade, ela não sabia que profissão escolher. No momento, preparava-se para os exames de segundo grau, sob a vigilância da madrinha, que tentava fazê-la citadina, a todo custo. Até os longos cabelos teve de cortar, para ficar na moda. Sentiu vontade de chorar ao ver as longas mechas de suas antigas tranças caírem ao chão, no melhor cabeleireiro da cidade. Mas segurou as lágrimas, como sempre fazia perto da madrinha. Achava que, se ela conhecesse sua vulnerabilidade, estaria perdida para sempre.

A melhor hora era a do seriado. Ansiava pela noite e o dia lhe parecia meio solitário, pois sua timidez a impedia de fazer amigos. Gostava das aulas no cursinho que freqüentava e estudava bastante, até porque era impossível escapar aos olhos da madrinha. Agradava-lhe a idéia de ir para uma universidade. Mas só vibrava mesmo com Barnabas Collins, tentava decorar as falas da atriz que representava sua vítima em potencial, uma jovem de seus vinte e cinco anos, sempre envolta em transparências. Queria ser como ela, loura, e ficava treinando na frente do espelho para ver se conseguia imitar sua gesticulação.

O que mais a impressionava no vampiro, além dos olhos, eram as mãos brancas, grandes, de dedos longos e finos, diferentes de todas as mãos masculinas que conhecia, fortes e queimadas, a maioria cheias de calos. Mãos solares, acostumadas ao trabalho duro. As dele lhe pareciam verdadeiramente aristocráticas, noturnas, como as dos nobres dos contos de fadas. Passou a reparar todas as mãos que encontrava. Invariavelmente se decepcionava, pois ninguém as tinha iguais.

Não quis procurar informações sobre o ator da série e tampouco sobre a atriz principal. Decididamente, seu interesse era pela personagem, achava o vampiro a personificação da sensualidade. Até a capa negra, com o lado avesso vermelho, lhe parecia máscula. Nas suas fantasias, imaginava que o Pimpinela Escarlate, cuja história havia lido na fazenda, vestia-se com uma capa parecida. Barnabas e Pimpinela fundiram-se numa só figura.

Os padrinhos estranhavam sua falta de curiosidade pelos colegas de sala, pelos vizinhos e pelos bailes organizados no clube, próximo à casa. Por sorte, atribuíam o descaso a sua falta de vivência na cidade grande e não insistiam muito. Apenas uma vez, o padrinho não seguiu a regra e praticamente forçou-a ir com eles à casa de um amigo, embaixador em um país vizinho, que tinha um filho de dezesseis anos. De novo o acaso lhe foi favorável: o rapaz era tão arrogante que só conversava em Francês, o que irritou até mesmo os padrinhos. Daí por diante resolveram deixá-la agir da maneira que quisesse. Fazia quase tudo que eles desejavam e cumpria à risca os horários combinados. Não se importava em seguir as normas da casa, desde que pudesse continuar assistindo a "*Sombras Tenebrosas*."

Quando terminava o capítulo, nem o leite morno, com o qual se habituou na fazenda, queria tomar mais. Era imperioso que dormisse depressa, só para sonhar que era amada por Barnabas, no castelo escocês. Passou a buscar livros na biblioteca sobre a Escócia, estudou os guias de Edimburgo, e aprendeu de cor o mapa da parte velha da cidade. Jurou conhecer um dia o palácio de Maria Stuart, que inventou ser vizinho ao castelo do vampiro.

Leu as crônicas antigas sobre a cidade, inteirou-se da história do jogador que resolvia as dívidas de jogo matando as pessoas às quais devia dinheiro. Decidiu que falaria Inglês como se fosse seu próprio idioma. Investia em tudo que pudesse aproximá-la, mesmo remotamente, de Barnabas.

Numa noite, ligou a televisão no horário costumeiro e nada de seriado. Sem nenhuma explicação, o programa havia saído do ar. Dormiu frustrada, dizendo a si mesma que haveria outros capítulos. Na noite seguinte, contudo, o fato repetiu-se. Quase não pôde dormir, tal a ansiedade para esperar a manhã surgir, pois havia decidido telefonar para a emissora a fim de entender o ocorrido. O mal humorado funcionário explicou-lhe que o baixo índice de audiência afastara os patrocinadores: *acabou, senhorita, enfim esse seriado de quinta categoria saiu do ar, até o título é horrível, já pensou, um programa de televisão chamado Sombras Tenebrosas? Ninguém quer mais saber de vampiro, coisa mais démodé, o povo agora quer ver é mulher nua, sexo, carnaval, alegria. Vampiro é o maior vodu, um atraso de vida.*

Depositou o aparelho no gancho, as pernas moles. Então nunca mais veria Barnabas? Durante a semana, não conseguiu comer direito. Ficava fingindo perto da madrinha, elogiando comidas que nem provara, como se houvesse um sapo na sua garganta, que a impedia de engolir. Passou a sucos e líquidos, perdeu peso. Por fim, teve de inventar que estava com uma inflamação nos olhos, inchados de chorar. Dormia pequenos períodos e acordava chorando de saudade. Sentia-se ridícula por sofrer por alguém cuja existência sabia falsa, ainda mais sendo um vampiro. Mas o conhecimento não lhe aplacava a dor.

Para piorar a situação, a irmã da madrinha, pianista, residente em outra cidade, veio passar uns dias com eles. Recém-chegada da Europa, onde dera concertos em vários países, participara, no verão, do festival de música de Edimburgo. Trouxera fotos, que mostrava com orgulho, pois havia adorado a cidade. Falava sobre as rosas, enormes como repolhos, de como os escoceses apreciavam jardinagem, elogiava a iluminação das ruas, meio amarelada e poética, de uma melancolia doce, repetia, encantada. Zilá sentia uma profunda inveja da irmã da madrinha. Inveja, ciúme e raiva, nessa ordem. Edimburgo era sua, como essa pianista ousava roubá-la? Sua e de Barnabas, por justiça. Não era ela que perdia o sono pensando no castelo? E a quantidade de tardes passadas na biblioteca, pesquisando sobre a cidade? Então o amor não era regido pelo merecimento?

Começou a fazer a novena de Santa Terezinha do Menino Jesus, santa cuja humildade e amor pelas rosas sempre admirara, para que a visita fosse embora. Não conseguia mais conter as lágrimas, que queriam descer a todo custo, cada vez que a palavra Edimburgo era pronunciada. Sentia-se duplamente perdedora: Barnabas havia desaparecido de sua vida e Edimburgo agora fazia parte das lembranças de outra pessoa, que tinha estado lá de verdade e não em sonhos, como ela. Embora não tivesse recebido a rosa, alcançou a graça solicitada e a pianista partiu cheia de vida, como sempre, não sem antes dizer ao cunhado *olhe, não deixe de levar minha irmã a Edimburgo, ela vai adorar*.

No final do mês seria o seu aniversário de quinze anos, mas não quis festa. A tristeza ainda a impedia de sorrir, mas já começava a se alimentar direito. Na biblioteca, evitava cuidadosamente as prateleiras dos livros em Inglês, por medo de encontrar referências a Edimburgo. Sabia que ainda era cedo para tocar na ferida. Havia um movimento diferente na escola, pois o quadro de docentes iria passar por uma transformação e novos professores seriam contratados, com a ampliação das instalações. Os alunos estavam excitados com as novidades.

Numa manhã chuvosa e fria, a diretora entrou na sala de aula, para apresentar o novo professor de Inglês, Jonathan, recém-chegado de Londres. Devia ter uns vinte e sete anos, pálido, por falta de sol, calça preta e suéter vermelho, nem bonito nem feio. Os alunos não lhe deram muita atenção, achando-o desinteressante, com ar de almofadinha, brilhantina nos cabelos, os sapatos igualmente brilhando. Enquanto fazia perguntas para avaliar os estudantes, Zilá deu de ombros, desanimada, pois andava cansada de mestres.

Mas, alguns momentos depois, quando ele segurou o giz, com gestos elegantes, ela percebeu a brancura de suas mãos grandes, dedos finos, compridos, requintados e sensuais. A capa, ele devia usá-la em segredo. Adivinhou-lhe hábitos noturnos, supôs que, ao chegar em casa, bem que um esquife podia estar à sua espera.

Sentiu a forte tontura, que já lhe era familiar. Reforçou sua atenção a cada gesto desse já meio seu Jonathan - desprovida de tanta coisa, esperança e desejo não lhe faltavam.

* * *

O maestro

O gabinete estava em polvorosa. As funcionárias deixavam suas mesas e a notícia ia passando de boca em boca: na ante-sala do governador havia um homem muito diferente, aguardando audiência. As que ainda não tinham merecido o privilégio de vê-lo ouviam, deliciadas, que media aproximadamente um metro e oitenta e cinco, pele clara, olhos violeta, cabelos castanhos, físico atlético, vestia um terno italiano e era dono da voz mais linda que já se ouvira ali.

Clarissa era uma das assessoras. Nessa tarde, encontrava-se especialmente ocupada, pois era véspera do despacho quinzenal do governador com o Presidente da República. Sequer levantou os olhos da tela do computador, mas ouviu quando uma das secretárias comentou haver lido no currículo que o visitante, solteiro, tinha trinta e cinco anos. Embora brasileiro, era maestro de uma orquestra sinfônica na Romênia. Tinha vindo fazer uma visita de cortesia e, claro, tentar obter recursos para a orquestra, que incluíra em sua programação várias peças de Villa-Lobos.

Controlou a curiosidade, por causa da quantidade de assuntos que ainda não sintetizara, a serem discutidos no dia seguinte. Como o governador estava em reunião, o desconhecido continuava sentado. A moça que servia o café aproximou-se: *dona Clarissa, a senhora precisa fazer um intervalo nesse trabalho e dar uma olhada na ante-sala. Todas as mulheres do gabinete já viram o rapaz. Não parece gente, tem cara de São Sebastião, é uma pintura!*

Resolveu ir dar uma olhada. Se até a recatada moça do cafezinho insistia, devia ser mesmo fenomenal. Largou os papéis e foi até à ante-sala, como quem não quer nada. Não era exagero das colegas.

O maestro Omar Davidov parecia uma personagem de romance antigo. A secretária que o recebera, esperta, fez questão de apresentá-lo, dizendo: *esta é a coordenadora da assessoria direta do governador. Ele confia plenamente nela.* Sorriu, sedutor, os belíssimos dentes à mostra.

Ao final da audiência, obteve a promessa de que o pedido seria examinado, o mais rápido possível. Voltou à sala da assessoria para despedir-se, dizendo que retornaria ao Brasil em dois meses e viria à cidade, nem que fosse para uma visita de cortesia. Até mesmo o governador, cético e desconfiado, com suas sete décadas de vida e quatro de vida pública, comentou com a secretária que poucas vezes recebera uma pessoa de maneiras tão gentis e requintadas. Em dois minutos, a opinião era conhecida por todo o gabinete.

Na semana seguinte, Omar telefonou da Romênia para Clarissa, aparentemente apenas para cumprimentá-la. De novo a funcionária do café animou-se: quem sabe não sairia casamento daquela história? Clarissa também era solteira, bonita, tinha trinta e dois anos, trabalhava muito e merecia, na sua opinião, um marido como aquele. No telefonema, a assessora contou que dali a três dias faria uma cirurgia na gengiva e que faltaria ao trabalho. Na tarde da cirurgia, mesmo sabendo-a ausente, Omar ligou no telefone direto do governador, a fim de saber se havia sido bem sucedida. Voltando ao gabinete, ela encontrou três vasos de orquídeas brancas, enviadas por meio do serviço internacional de entrega de flores.

Multiplicaram-se os telefonemas. Era voz corrente que o maestro estava apaixonado ou, pelo menos, interessado pela assessora. Informado por sua secretária, até o governador achou graça da história. Clarissa era inteligente, bem remunerada, desenvolvia tarefas de grande responsabilidade, e não pensava em se casar, em princípio. Resistira, durante anos, às gentilezas exageradas, comuns nesses ambientes. Todos a consideravam uma funcionária ética e séria.

As ligações telefônicas eram breves e nem podiam ser diferentes, feitas da Romênia. Algumas vezes a mãe dele, que vivia no Brasil, telefonava também, para contar que Omar fora criança meio prodígio, que se esforçara muito para chegar a maestro de uma orquestra estrangeira importante. Além disso, estudara canto lírico. Enfim, tudo levava a crer que se tratava de um artista autêntico.

Para Clarissa, os telefonemas da mãe eram inusitados, mas fez um esforço para achar que talvez ela sofresse da "síndrome de mãe de artista", especialmente por ser ele filho único. Em uma dessas conversas, contou que Omar tinha um amigo na Romênia, que estava com problema de visto de permanência no país.

Dois meses depois, como prometido, veio passar uma semana em sua cidade natal. Alegando falta de tempo, convidou-a a ir visitá-lo, não para ficar em sua casa, pois morava com a mãe, mas para jantarem juntos num restaurante maravilhoso, que ficava dentro de um dos teatros mais importantes do País. Incentivada pelas colegas de trabalho, ela marcou a passagem. O governador foi informado do jantar, pela *rádio corredor*, como chamavam, de brincadeira, as fofocas no gabinete.

Hospedou-se num hotel, perto do apartamento deles. Lembrando-se das descrições do restaurante e do teatro, vestiu-se cuidadosamente: um longo vermelho de cetim de seda pura e mantilha negra, sevilhana. Por fim, colocou os poderosos brincos de rubi, herança de sua tia-avó. Enquanto se maquiava, a mãe dele ligou, comunicando que já saíra e que, dentro de minutos, estaria na portaria. Estranhou o telefonema, pois não conhecera rapaz algum com uma mãe tão onipresente, mas procurou relevar, pensando nos olhos cor de violeta.

Omar desceu do carro. De relance, percebeu que havia ganhado uns quinze quilos no curto período. Vestia uma calça velha tão apertada que parecia que ia rasgar de uma só vez. Os sapatos sem meias e uma estranha camisa de manga curta completavam o traje da noite para a qual foi tão insistentemente convidada. Quase não conseguiu um lugar no carro, tal era a confusão de partituras. Tudo lhe parecia diferente do que imaginara, mas respirou fundo, enquanto ele dirigia seu automóvel sujo. Com apenas uma volta no quarteirão, Omar disse que a fila estava enorme e não encontrariam mais lugar, naquele horário. Foi a segunda surpresa desagradável: sabendo que vinha de longe, ele nem reservara uma mesa? O homem que mandara orquídeas da Romênia? Que fizera dezenas de ligações internacionais? Que se mostrara tão cavalheiresco que até o governador admirara-lhe a educação?

Acabou levando-a para um mal iluminado restaurante de beira de praia, onde ninguém veria os seus pingentes de rubis. Mais grave, contudo, foi a sua mudança de comportamento. Fez piadas de mau gosto sobre o governador, homem de reputação irrepreensível, que lhe pareceram o cúmulo da descortesia, até porque ninguém desconhecia a admiração e o respeito que ela lhe devotava.

As ostras, de discutível frescor, não conseguiam descer. Resolveu tomar um Martini doce, que ele considerou *bebida de mulher fresca*. Como se não bastasse, quando ela voltou do banheiro, percebeu que ele e uma moça vestida de maneira estranha, sentada em uma mesa vizinha, conversavam e riam muito, como se já se conhecessem. Pelos olhares que lhe dirigiram, sentiu que falavam a seu respeito. Não soube precisar em que momento compreendeu que algo estava absolutamente errado naquela conversa. Sentiu que a moça ria de suas roupas elegantes demais para aquele local, mas não era apenas isso: gargalhavam de uma maneira fraterna, quase cúmplice, como se a mulher soubesse de algo que, para ela, ainda era segredo.

Sobre a orquestra, ele nada disse. Aliás, a conversa era de uma superficialidade revoltante. Não quis falar de música, desconversou quando ela mencionou a Romênia. Se ela estivesse sob interrogatório, nem poderia mais jurar que seus olhos eram cor de violeta. Em algum momento, contou de novo o caso do amigo, cujo visto de permanência havia expirado. Tinham vindo ao Brasil juntos e estavam na casa da mãe, provavelmente dividindo o mesmo quarto.

Só então se deu conta de quem era Omar Davidov. Claro, a moça do restaurante, moradora do bairro há tempos, devia conhecer bem a sua identidade, quem sabe desde garoto. Perguntava-se as razões da farsa, arquitetada em detalhes. Tudo isso visando obter recursos governamentais para uma orquestra? Mas a encenação havia sido desnecessária, pois os projetos eram examinados por uma equipe especializada e selecionados de maneira criteriosa. Clarissa não pertencia a esse grupo, o seu trabalho era mais diretamente vinculado ao governador. Por que teria sido escolhida como alvo do fingimento? Analisava todos os detalhes, desde que aquela estranha corte começara. Tudo aquilo por que coordenava os assessores diretos? Teve ódio das orquídeas brancas, que tanto a haviam encantado, daqueles malditos telefonemas, da voz macia. Se pudesse voltar atrás, jogaria no lixo um orquidário inteiro. Repassou todos os adjetivos horríveis que conhecia. Nojo seria a palavra exata para nomear o que sentia.

Meio alta com dois Martinis doces, pois não era acostumada a beber, e com o estômago revirando, cheio de borboletas pretas e mariposas, quase ordenou ao maestro que a levasse de volta ao hotel. Ele ainda tentou fazer piadas, não se dando por vencido. Pensou em lhe dizer o que pensava a seu respeito, mas um enorme cansaço impediu-a. Despediu-se rapidamente, na porta, com a certeza de que nunca mais lhe dirigiria a palavra.

Chegando ao quarto, jogou longe o vestido de cetim, sentindo-se muito mal. Aquelas ostras talvez estivessem estragadas. Enjoada, vomitou várias vezes. Queria livrar-se das toxinas das ostras, mas também da principal toxina da noite, o próprio Omar Davidov. Exausta, acabou pegando no sono sem tirar os brincos de rubis.

No dia seguinte, trocou o horário do vôo e embarcou cedo. Adorava aviões, mas, ao invés de desfrutar da viagem, pôs-se a imaginar uma história para contar aos colegas de trabalho. Doeria muito mais se dividisse a decepção. Desta, teria de dar conta sozinha. E não seria assim mesmo a vida, pelo menos na maior parte do tempo? Uma frase de Mário Quintana, um de seus poetas prediletos, lhe veio à memória: "*moro dentro de mim mesmo*".

Passou rapidamente em casa e dirigiu-se ao gabinete. Foi recepcionada no corredor, pela mulher do café, que, com olhar malicioso, lhe perguntou *como foi o passeio, o maestro continua bonito como sempre? Os olhos dele são mesmo cor de violeta? Não vi o maestro, ele teve de viajar urgentemente à Romênia, aconteceu um problema grave com o diretor da orquestra, a mãe dele me explicou tudo. Uma pena, mas essas coisas acontecem, não é? Você precisava ver que mulher simpática, maravilhosa, fomos ao teatro e depois jantamos juntas.*

Pronto. A primeira mentira, sempre a mais difícil, tinha sido dita. Serviria para alimentar a *rádio corredor* durante uns dois dias, até aparecer um assunto mais pungente. Bastava agora continuar a dizer o mesmo para todos, absolutamente o mesmo, sem acrescentar uma palavra, sem mudar uma vírgula.

Meses depois, durante um despacho, o governador comentou com ela que guardara uma excelente impressão de Omar Davidov, um dos homens mais educados que conhecera na vida pública. *Deve ser capaz de fazer qualquer mulher imensamente feliz*, acrescentou, com um sorriso velado. Balançando a cabeça de modo vagamente afirmativo, distraída, ela continuou anotando o que tinha de anotar em seu bloco. Sentia que a sua cabeça estava longe, bem longe, mas não na Romênia.

* * *

Os homens daquele meio

Empurrando o carrinho do supermercado, Silvana procura a prateleira dos produtos de limpeza. Quase mecanicamente, vai empilhando os detergentes. Há meses vive como se atuasse em duas dimensões diferentes: o mundo prático, chamado normal, e o outro, no qual permanece a maior parte do tempo, com idéia fixa no final de seu relacionamento com Rafael. Para cuidar dos seus afazeres, tem de fazer um grande esforço. Até sair da cama de manhã custa-lhe, como se não agüentasse o peso das próprias pernas.

Não sabe como não o matou naquele dia e se arrepende disso. Racional, tem certeza de que teria sido um absurdo prejudicar sua própria vida, mas não é assim que sente. Para ela, nesse momento, qualquer coisa seria melhor do que essa impotência, esse horror que é sentir-se abandonada, desvalorizada, posta de lado. Escolhendo os sabonetes, vai imaginando como seria estar presa depois de um crime passional e não consegue sentir alívio por ter-se livrado disso. Talvez o arrependimento, depois de ter matado alguém, fosse melhor do que esse vazio, essa raiva, esse não fazer. Se tivesse matado Rafael, pelo menos teria agido, teria posto a sua marca nos acontecimentos, em vez de ficar como uma folha de papel, ao sabor do acaso. Outro sentimento, ainda que pesado, seria melhor do que esse nó que a paralisa.

Ela estranha a situação em que se encontra. Sempre pensou que o fato de ser culta, de ser uma artista, a imunizasse dos chamados baixos sentimentos. Há meses não consegue pintar um quadro sequer. — *Talvez seja melhor assim*, disse-lhe Pedro, seu marchand. — *Parece tão cansada!* O amigo não quis lhe dizer que a qualidade de sua pintura piorara, não trabalha mais a luz como antes, as telas foram se tornando sem expressão, apáticas, como ela mesma. Deixou de lado as cores fortes, que eram a principal característica de seu trabalho, mergulhando nos tons pálidos. Como suas exposições anteriores tiveram êxito, pôde juntar algum dinheiro, com o qual pagou suas contas nos últimos tempos. Agora resta-lhe muito pouco.

Pedro, que a conhece há anos, confidenciou a algumas pessoas que está preocupado com a sobrevivência da amiga. Por isso, inventou a exposição dessa noite, com quadros antigos, de fases anteriores. Teme que não consiga pintar como antigamente, que a fase ruim não termine, que tenha ocorrido um embotamento de sua sensibilidade para as cores. Ela sabe disso, embora finja nada perceber.

Na prateleira de vinhos, vê a marca preferida de Rafael. É como se estivesse de novo no último almoço, um mês depois do fim. Repassa, pela milésima vez, tudo o que disseram. Maldiz a sua memória, isso que muitos chamam de dom, que não a deixa se esquecer de uma frase, de um detalhe. Quantas vezes teria ficado rodando em círculos, acordando de madrugada, os olhos abertos até o amanhecer, remoendo? Pensa que os cultores da memória estão equivocados: o esquecimento, este sim, é uma dádiva.

Inconformada com a separação, marcara o almoço, sem se importar com a relutância dele. Fora à cidade em que morava, só para o encontro. Quando chegou ao restaurante chinês, encontrou-o sentado, cara fechada, de camisa de flanela xadrez. Nunca o vira vestido com trajes tão corriqueiros, acostumara-se aos seus ternos claros. O desleixo lhe pareceu proposital, para demonstrar como se importava pouco com a ocasião.

Empresário da construção civil, com negócios inclusive no exterior, Rafael preocupava-se com a aparência. Alto, bonito, casado e pai de dois filhos, proprietário de um pequeno avião, não era propriamente um esnobe. Faltava-lhe, para isso, um pouco mais de cultura. De origem humilde, autodidata, dono de uma inteligência prática invejável, era o que se poderia chamar de *self made man*. Criara, com a ajuda da mulher, um médio império.

Conhecera-o muito antes, através de amigos comuns, mas só se aproximaram no último ano. Agora acha detestável pensar no começo, no quanto fora tola. Ninguém a julgava ingênua, nem ela mesma. Tinha trinta e seis anos, nunca havia se casado, provavelmente por não ter encontrado alguém que a interessasse de verdade, mas tivera um número razoável de namorados.

Sua maior dor é ter-se comportado como uma jovem espectadora de telenovelas. Caíra na armadilha dos clichês e não perdoava o mau gosto nos demais e menos ainda em si mesma. A pintora de sucesso, revelação na década anterior, com suas telas luminosas, elogiadas pela utilização inovadora da luz, havia sido enredada pela cafonice. Se tivesse dezoito anos, mas agora? Não, não queria se casar com ele, nem teve tempo de pensar nisso, preocupada demais com a paixão. O que jamais supusera é que fosse tão fácil, para ele, afastar-se. Sente-se culpada por não ter reparado melhor no homem que ele era. Apaixonara-se também pelo que sentia e no fundo se desligara do que realmente acontecia.

Por instantes, deixa de pensar nas coisas que já sabe de cor, para escolher uma vassoura. Detém-se lembrando de uma amiga, que, na Alemanha, tentava comprar uma vassoura de piaçaba e usava todas os vocábulos que conhecia, em outros idiomas, quando o vendedor lhe disse *ah, a senhora quer pi-a-ça-bá*? Ele conhecia a palavra, para espanto seu.

Na seção de verduras, seleciona batatas e se lembra daquele almoço. Chegara apressada, seu vôo havia atrasado, e Rafael não gostava de esperar. Aliás, sempre tinha compromissos às duas horas, numa tentativa de descarregar sua agenda sempre lotada. Vestia um macacão bege, botas negras e casaco cinza, abaixo do joelho. Ele foi logo dizendo:

— Atrasada, hein? Vou presidir uma reunião às duas. O que quer beber?

— Um Martini seco.

— Garçom, água mineral para mim, com muito gelo. Por que você quis marcar esse almoço?

— Bem, está sendo muito difícil para mim. Você sabe, as coisas aconteceram muito rápido, creio que não estava preparada para um final assim. E depois, nunca mais nos vimos, e eu queria lhe fazer uma pergunta. Soube que levou sua mulher para conhecer Viena. Não imagina como fiquei triste, pois eu lhe havia falado sobre isso, lembra-se que participei de um congresso lá, enquanto estávamos juntos? Por que você a levou? Viena era minha. Você quis me tirar até isso?

— Ah, Viena. Nós detestamos a cidade, especialmente Mônica. Ficamos só vinte e quatro horas, estávamos congelados e chovia, fazia um clima horrível.

— Então vocês reduziram Viena a isso.

— A isso o quê? A um lugar gelado e chuvoso?

— Bem, não adianta. Mas eu queria saber: você ama Mônica?

— Os homens do meu meio, a não ser que tenham uma carência maior do que um fosso, não se separam. Separar-se, além do prejuízo enorme, é péssimo para os negócios. E depois, você não me atrai mais.

— Mas atraía, ou não?

— Na época, eu achava que sim. Agora, com o distanciamento, não sei. Você vai até o fundo nos relacionamentos, não é?

Nada adiantava, o almoço fracassara. Saíram. Pensara que ele lhe daria uma carona até o hotel, a três quadras de distância. Caminharam até o carro dele, que, rapidamente, acenou para um táxi. Foi quase empurrada para dentro, depois de um apressado beijo na testa.

Lamentou a energia gasta para nada. Que pobreza de diálogo! Era esse, o homem por quem se apaixonara? Dono dessa conversa rala? Estaria mentindo, agira assim só para afastá-la de vez, estudara as suas falas, ou Rafael era isso mesmo e tudo não passara de um engano, uma bolha, que simplesmente se desmanchara? Mas e o sofrimento daqueles dias? Detesta a mania, a seu ver muito feminina, de amar por amar, de graça, em nome do amor: quando se cai nessa arapuca, sair dá muito trabalho. Quando se consegue sair.

Nos últimos meses, procurara a literatura existente sobre crimes passionais. Em um dos artigos, um psiquiatra dizia que matar, nesses casos, é uma maneira de não se separar, pois carrega-se o cadáver nas costas pelo resto da vida. Não, não queria tê-lo morto, de verdade. Não teria valido a pena.

A lista de compras termina. Chegando a casa, começa a preparar-se para a exposição. O medo paralisa-lhe o raciocínio. Estaria certo Pedro, quando inventou essa exposição de restos de outras? A idéia pareceu-lhe muito apelativa, quase indigna, mas precisa urgentemente de dinheiro. Pelo menos até passar a entressafra. A disciplina fora uma de suas principais características, comentada por todos. Mas isso antes de conhecer Rafael. Pergunta a si mesma quando voltará a pintar, de maneira plena, como fizera na última década.

Emociona-se quando entra no salão. A amizade de Pedro sempre tivera esse poder. As telas estão dispostas de maneira perfeita, divididas por temáticas. Onde terá conseguido esses arranjos de flores do cerrado, tão vistosos? O amigo havia arranjado tudo em segredo, para fazer-lhe uma surpresa.

É a exposição mais concorrida que já fizera. Não faz idéia de onde terá saído tanta gente. E, de repente, vê Mônica se aproximando. Conhece-a apenas através de fotografia. Inesquecível, com suas bochechas e cabelos ruivos. Jamais esperara encontrá-la. Por que estaria na cidade? Ao que parece, está sozinha.

Minutos depois, entra Rafael, que deveria estar estacionando o carro. Ela parece encantada com uma pequena marinha. Vê quando procuram juntos o marchand, parece que vão comprá-la. Ele olha em sua direção, fixamente. Ela desvia o olhar, esperara tudo, menos sua presença. Aproxima-se, dizendo *comprei um quadro seu, Mônica gostou muito, resolvi lhe dar um presente*. Não responde, por não ter o que dizer. Beija a sua testa, provavelmente por não saber que ela detesta beijos na testa.

Ele percorre o salão, conversando, enquanto a mulher fica sentada, sozinha. Perde-os de vista. Minutos depois a vê procurá-lo, ar decidido. Que teria acontecido? Rafael está num canto, conversando com uma vistosa loura, ex-aluna de Silvana do tempo que lecionava pintura. A moça tomou-lhe o copo e agora está bebendo o seu vinho. Mônica deve ter visto quando isso aconteceu e mal esconde o ciúme. Convida-o para irem embora. Ele se afasta um pouco, entregando discretamente um cartão à loura e só depois acompanha a esposa, em direção ao elevador.

O cartão lhe revira o estômago. Se a idéia da compra do quadro fora por sentimento de culpa ou para demonstrar cortesia, apesar do que houve entre eles, o episódio a inutilizara. Os últimos convidados estão saindo e Pedro a acompanha, satisfeito com as vendas. Não restara um quadro sequer, a exposição tivera um êxito absoluto.

Volta para casa, aliviada. Ninguém precisou lhe contar, vira com seus próprios olhos. Sente tristeza, mas a sensação de liberdade é mais forte. Ele mesmo se desnudara, agora nenhum traje lhe serviria mais. Deixa aberta a persiana do quarto, para ver o amanhecer. Sabe que amanhã precisará de novos tubos de tinta, já que os de tons vibrantes estão ressecados. Dá corda no despertador, pois quer acordar cedo para aproveitar as primeiras horas da manhã, por causa da luz. A entressafra chegara ao fim e ela tem muito trabalho pela frente.

* * *

Não-me-esqueças

A magnífica foto de Libertad Lamarque, contemplada naquela tarde cheia de cerração, deu lugar à imagem de outra mulher, pelo menos em sua lembrança. Libertad no palco, fazendo vênia para o público, vestido branco rodado e flores na cabeça, que imaginou roxas, embora a fotografia fosse em preto-e-branco. A adoração de Glória pela cantora argentina sempre a intrigara. Podia ainda ouvir a sua voz tentando imitar Libertad: "*madreselvas en flor, que trepándose van/ es tu brazo tenaz/ y dulzón como aquél/ Si todos los años/ tus flores renacen/ hacé que no muera/ mi primer amor...*"

Há quantos anos não via Glória? Há vinte, talvez vinte e cinco, desde que deixara o serviço público para montar sua joalheria. Naquele tempo vivia às voltas com cursos de *designer* de jóias, gemologia e lapidação. Preparava-se para ter seu próprio negócio, sempre quisera ser joalheira, apaixonada por pedras preciosas, especialmente as brasileiras, com suas múltiplas cores. Somente Glória não compreendia que não adiantava prendê-la naquela triste sala onde trabalhavam, cujos limites eram estabelecidos por divisórias de fórmica, na época consideradas modernas, mas que na verdade geravam apenas falta de privacidade, além de propícias à propagação do som.

Quis esquecê-la para sempre e agora a foto de Libertad a trazia de volta, alta e corpulenta, com suas botas de amazona e seus cabelos ondulados. Ambiciosa, Glória não se limitara a chefiar apenas a sua equipe, encarregada de planejar a política da instituição em que trabalhavam. Fazia contatos dentro e fora do País, queria ser uma intelectual, sem sê-lo, de verdade, uma intelectual-burocrata-executiva, uma faz-tudo. Almejava ser super profissional, baseando-se apenas em seu faro para descobrir boas idéias e na sua capacidade de fazer contatos e de articular-se. E, onde houvesse homens, lá estava ela, sedutora, dormindo com os mais importantes, como os teóricos da crista da onda ou por puro prazer, com adolescentes atléticos.

Mais jovem que Glória dez anos, Miosótis era a funcionária de quem a chefa menos gostava. Provavelmente por sua inteligência, não fazia parte do séquito de admiradores da todo-poderosa. Igualmente ambiciosa, possuía uma noção de liberdade arraigada, que não lhe permitia dizer amém para as decisões alheias. Ao contrário, gostava de fazer pequenas provocações, frases soltas aqui e ali, que sabia ferinas. Era bonita, enquanto Glória apenas fazia vista, com suas camisas de seda e suas saias compridas. Detestava seu nome, não sabia onde os pais estavam com a cabeça quando pensaram em Miosótis, achava todos os nomes de flor de uma cafonice ilimitada, aliás, os avós gostavam também, a mãe e a tia se chamavam, respectivamente, Camélia e Magnólia. O pai dizia que Miosótis era um lindo nome, sinônimo de "não-me-esqueças", "não-te-esqueças-de-mim". Todos a tratavam de Mio, só Glória insistia em pronunciar o nome inteiro, bem devagar, realçando sua feiúra de propósito.

Na tentativa de ficar indiferente às picuinhas da chefa, habituou-se a desviar a atenção para um cinzeiro enquanto ela falava, imaginando-se a milhares de quilômetros de distância. Inventado por uma amiga cartomante, a bem da verdade uma psicóloga inata, o exercício nem sempre dava resultados. Mas continuava praticando-o, na esperança de fechar o seu campo magnético ou neutralizar os efeitos do olho gordo. Sentia a inveja de Glória como algo espesso, maligno, capaz de materializar-se e lhe causar danos. Levava um patoá em cada uma de suas bolsas. Aquela presença intimidava-a, provocava-lhe suores, induzia-a a ataques de taquicardia. A menor palavra que lhe dirigia custava-lhe, tinha de fazer um tremendo esforço para receber uma tarefa, era-lhe difícil manter o relacionamento nos estreitos limites profissionais.

Talvez desejasse o impossível, pois tudo que vinha de Glória era pessoal, passional, dizia-se avessa a friezas, tinha de si mesma uma imagem bondosa e calorosa: ajudava orfanatos, distribuía alimentos em asilos de idosos, organizava campanhas de reabilitação de meninos de rua, chorava quando via crianças pedindo esmolas nos semáforos. Praticava a caridade em suas formas estabelecidas, e com a outra mão arranhava a auto-estima dos funcionários, assumia a autoria de textos alheios, brilhava às custas dos esforços da equipe, sem dividir os louros. Miosótis sentia-se desconfortável e dividida diante dela: odiava-a e tinha remorsos, ousava falar mal dela para as colegas mais próximas, que em geral não concordavam com suas observações, e depois se arrependia.

E houve aquela carta: "ele comentou comigo que você é meiga, carinhosa, mas não vai ficar com você, se é isso que esperava". Odiou-a mais do que nunca, ao recebê-la. Quem a havia nomeado sua procuradora sentimental? Sabia-o comprometido, mas não queria ouvir dela essa frase, como se fora dona de seu destino. O fato de Glória achar que entendia mais de sua vida do que ela própria, só por que se encontrara com Luís num congresso internacional, a humilhara. Detestou-o, também, por ser tão inconseqüente e falador, vulnerável aos verdes que ela jogava, permitindo-lhe colher dados maduros. Sentira-se impotente diante da carta e a frase martelou-lhe a cabeça por vários dias: ele não vai ficar com você, não vai, não vai ficar... A autora escrevera dois parágrafos iniciais sobre a boa intenção que a inspirara, afirmando que não queria ver a colega sofrendo por alguém não merecedor de seu afeto. E se fosse o contrário, teria ela escrito? Se ele lhe tivesse dito que Miosótis era a mulher da sua vida, esse clichê M. Delly fora de moda, que surpreendentemente não perde sua força quando se refere a nós mesmas? Continuaria solidária? Lembra-se ainda do arremate da carta. À guisa de consolo, e também para demonstrar erudição, transcrevera versos de Camões:

"Depois de procelosa tempestade,
Noturna sombra e sibilante vento,
Traz a manhã serena claridade,
Esperança de porto e salvamento."

Um ser excessivo, exagerado, contraditório, admirador não apenas de Libertad Lamarque, mas de Carlos Gardel, Mercedes Sosa, Camões e uma extensa lista dos mais variados artistas, assim era Glória. Imprimira seu estilo à equipe que chefiava, despertando, concomitantemente, emoções boas e más. Invejavam-se mutuamente, pois ela, de temperamento um tanto tímido, admirava-lhe a espontaneidade, a maneira agressiva de agarrar da vida o que queria e sua desenvoltura com os homens.

Hesitou antes de lhe falar sobre o projeto da joalheria, com medo de que atrapalhasse os seus planos. Mas era necessário pedir autorização para chegar atrasada ao trabalho algumas vezes por semana, por causa dos cursos que fazia. Quando Miosótis lhe contou que utilizaria em suas jóias quase que exclusivamente pedras brasileiras, pouco usadas na época, Glória sorriu, ironicamente, dizendo *ah, você não vai trabalhar com pedras preciosas, só semipreciosas, não é? Pelo visto, suas jóias serão bem baratinhas...* Lembra-se do ódio que sentiu na ocasião, ainda em estado bruto no peito. Tentou explicar que a denominação estava em desuso, que os entendidos em gemas há muito não usavam a expressão semipreciosas, por ser inadequada. Acabou desistindo, pois Glória só ouvia a si mesma. Sequer cogitava que alguém pudesse desejar algo fora dos limites das políticas institucionais. Ela considerava uma excentricidade uma mulher preparada como Miosótis aprender a manejar o rebolo para cortar pedras, esquecendo os volumosos documentos para dedicar-se à lapidação no talhe esmeralda ou coração abrilhantado. Definitivamente, não levava aquele projeto a sério.

Quando terminou a tese de Doutorado, pediu-lhe que fizesse a revisão das duzentas e cinqüenta páginas, sob o sedutor argumento de que não havia na cidade melhor revisora. A futura joalheira não tinha tempo para nada, dividida entre o emprego e os cursos, mas não conseguiu negar o favor. Passou madrugadas reescrevendo parágrafos ilegíveis, corrigindo erros gramaticais e organizando notas de rodapé. Teve de ler dois livros sobre políticas organizacionais, assunto pelo qual não tinha o menor interesse, na tentativa de aclarar passagens obscuras. Tinha a sensação de que havia sido apanhada numa rede e, por mais que pelejasse para sair, malhas invisíveis e tenazes a prendiam cada vez mais. No dia da defesa da tese, percebeu que o texto apresentado não era o mesmo que praticamente reescrevera. Mais tarde Glória comentou que pedira a um amigo jornalista que fizesse a revisão da revisão, porque ele se mostrara interessado em ajudá-la a publicar o livro, valendo-se dos contatos que possuía numa conceituada editora. O resultado de tanto esforço foi uma tese repleta de erros de Português, idioma, pelo visto, desconhecido pelo jornalista.

A pequena joalheria estava em fase final de montagem e Miosótis vibrava com a proximidade de sua libertação. Deixaria um emprego que detestava, por sua esterilidade, colegas hipnotizados por uma chefe imprevisível e, o que mais a encantava, obteria carta de alforria da todo-poderosa. Uma semana antes de sua saída definitiva, Glória mandou chamá-la, fechando a porta da sala à chave, o que nunca fazia.

— Preciso de você, Miosótis. É a única pessoa em que posso confiar, dessa equipe.

— O que aconteceu? Você me parece assustada.

— Estou grávida e não quero ter esse filho, por não saber direito quem é o pai.

— Grávida de quanto tempo?

— De oito semanas, mais ou menos.

— Dois meses, então? Há dois meses você estava na Europa.

— Sim, estava. O que você quer dizer com isso? O que está insinuando?

— Não estou insinuando, apenas quero ajudá-la a pensar, já que está dizendo que não sabe quem é o pai da criança.

— Não tenho certeza, porque dormi com dois homens diferentes, naquele congresso.

— Pretende fazer o quê? Não me diga que está pensando em aborto...

— É exatamente isso o que vou fazer. Aliás, já descobri o nome de um médico que faz esse tipo de serviço.

— Médico, Glória? Tem certeza que se trata de um médico de verdade? Você não precisa fazer isso: é saudável, independente, ganha bem. Por que não ter o filho, afinal? Tem condições de criá-lo.

— Você não entende, com esse seu jeito de Madre Teresa de Calcutá. Não quero filho algum, Miosótis. Meu sonho é subir profissionalmente, conseguir um convite para trabalhar numa organização internacional, morar em outros países. Que filho, que nada, só iria me atrapalhar, cortar meus caminhos. Está decidido: amanhã irei até à cidade onde o médico mora, a duas horas daqui. Quero que me acompanhe.

— Mas por que eu, Glória? Você tem tantos amigos...

— Não para uma coisa dessas.

— Mas sou contra abortos, Glória. É uma questão de princípios, não posso ser cúmplice nesse ato, que acho uma selvageria.

Para seu espanto, a chefa começou a chorar alto. Miosótis não sabia o que fazer. A contragosto, acabou concordando em acompanhá-la, na manhã seguinte.

Teve uma noite péssima, dormindo e acordando, sonhando com bebês, creches e brinquedos. E havia um homem horrível, com uma enorme cureta na mão, correndo atrás dela, perseguindo-a por toda parte. Acordou suando às três da manhã, o travesseiro e o rosto molhados. Fez um café forte para reanimar-se, pois sabia que não dormiria mais. Haviam lhe contado que a clínica clandestina funcionava num prédio de dois andares, com aparência de uma casa comum. Tremendo, tentou retomar a leitura de uma biografia de um ator de cinema, mas não conseguiu concentrar-se. Depois de um longo banho, às seis da manhã tomou sua decisão: não iria participar daquilo, de maneira alguma. Glória que convidasse outra pessoa, e que assumisse a responsabilidade por seus atos. Como poderia ser cúmplice em um crime? Lembrou-se da personagem de "A servidão humana", livro que adorara. Sim, tinha de deixar de ser servil, de parar de tentar agradar. Começou a formular sua argumentação. Estaria na casa de Glória às sete, hora marcada para o encontro. Dessa vez diria não, um não bem redondo, forte, bicudo.

Tremendo, começou a preparar-se para sair. O quanto antes se livrasse da situação, melhor. Às sete em ponto apertou a campainha de Glória, que, sonolenta, ainda de pijama, estava com ótima aparência.

— O que aconteceu, Miosótis? Caiu da cama? Você veio cedo demais. Não disse que telefonaria, antes?

— Mas marcamos às sete, lembra-se? Vim para lhe dizer que não irei com você. Não posso participar disso, Glória. Desde criança, sou contra o aborto. Seria uma violência, entende?

— Não entendo não, sua santarrona. O que houve com você? Um ataque de dor de consciência? Não sabia que era tão antiquada, parece ter sido criada num colégio de freiras. Sabe de uma coisa? Eu deveria ter esperado por isso, que você, com seus ares de *lady*, iria me negar apoio. Não consigo imaginar onde estava com a cabeça quando contei com a sua ajuda.

— Não vamos baixar o nível da conversa. Sejamos práticas: se quiser arrumar outra pessoa, ainda há tempo.

— Então a santinha resolveu fingir que está torcendo por mim? Deixe de hipocrisia, Miosótis. Sei que, no fundo, você me odeia. Finge que gosta porque é educada demais, *lady* demais para demonstrar seus verdadeiros sentimentos. E, sobretudo, porque sou a chefa. Pensa que não sei que me inveja, embora me ache vulgar? Agora estou entendendo melhor porque os seus pais lhe deram um nome de flor de estufa. Miosótis, arre! Um nome horroroso de uma flor tão pequena e humilde que é invisível, ninguém conhece.

— Quero que me respeite. Passei a noite praticamente em claro, para tomar uma decisão, e vim aqui pessoalmente, pois achei indelicado dizer por telefone.

— Às favas com o seu respeito, sua invejosa! Você sabia que impedi que ganhasse a gratificação que você queria? Nunca soube o que aconteceu, não é? Fui eu, gracinha, que disse ao chefe do setor de pessoal para dar a gratificação à Helena. Ela não é tão competente quanto você, nós duas sabemos, mas pelo menos não quer o meu lugar. Você queria conhecer o culpado, não é? Pois é, fui eu. E agora, o que vai fazer? Vai me bater? É claro que não tem coragem. Uma dama como você, batendo numa mulher grávida? Impossível, não é mesmo?

Nenhuma palavra expressaria a indignação de Miosótis. Levantando-se rapidamente, esbofeteou o rosto da chefa. Aturdida, Glória colocou as mãos no rosto. A outra aproveitou a perplexidade da dona da casa e saiu em disparada, rumo ao elevador. Sentia uma alegria enorme por ter tido coragem, pela primeira vez na vida, de reagir à altura da ofensa. Não imaginou que esbofetear alguém pudesse ser tão salutar e edificante. A delicada florzinha azul, a inesquecível, percebeu que faria parte, para sempre, das lembranças de uma certa burocrata.

* * *

O trevo de quatro folhas

Tem tareco, doce de leite, broinha, arroz doce. Podia ouvi-la ainda, tantos anos depois, enumerando os doces, sempre os mesmos, que a mãe faria para a sua festa de aniversário. Doces péssimos, mal feitos, tarecos duríssimos, impossíveis de mastigar, compactos a ponto de quebrarem os dentes frágeis, maltratados pelo único dentista prático da região, com sua mania de esquecer pedacinhos de algodão nas obturações. O doce de leite tinha, invariavelmente, gosto de fumaça, meio queimado e com excesso de açúcar, areento, como diria sua crítica mãe. As broinhas, em que pese o nome suave e redondo, eram duras e cheias de bicarbonato, de um amarelo ovo estranhíssimo, talvez levassem anilina, feitas de fubá de moinho elétrico, amargo, muito diferente do fubá de moinho a água, ideal para o angu. O arroz doce, então, ficava quase marrom, pois o açúcar era queimado antes, dando-lhe um sabor de puxa-puxa.

Passava mais de um mês fazendo os convites para o aniversário, chamava todas as crianças da rua, listando sempre os doces que iria oferecer. Quando queria impressionar, na empolgação acrescentava um outro, que nem doce era direito, pois sequer ia ao fogo, uma mescla de banana prata crua e açúcar refinado, amassada até ficar dura, para se transformar depois em bolinhas arrematadas com um cravo da Índia, que iam ao sol, para endurecerem. Bolinhas de banana prata (outros tipos de banana não servem, pois não dão o ponto para enrolar), servidas em pratos esmaltados, azuis e brancos, à guisa de bandejas.

Agora Celina sentia remorso ao lembrar-se das gargalhadas, da música que inventou, com o refrão "tareco é um sequilho de polvilho, muito duro e muito ruim". A irmã comandava o coro familiar e riam às bandeiras despregadas, só parando quando o xixi ameaçava escorrer pernas abaixo.

O pulôver de tricô vermelho e branco já estava pronto para o aniversário, em fevereiro, mês de calor tão intenso que o quintal se enchia de minhocaçus. Neusa mostrou-o por cima da cerca de bambu, orgulhosa de sua obra, rindo e comentando *não está lindo, não está lindo?* Nascera na roça, e quando os pais se mudaram para a cidade, cortara os cabelos com a nuca raspada, corte Joãozinho, como se dizia, para adquirir ares mais citadinos. Ela concordara, por educação, achando o pulôver horroroso, com um grande N no peito, bordado de ponto atrás. Percebendo que não agradara, Neusa correu para dentro, fechando rapidamente a janela. Seus soluços, contudo, foram ouvidos até tarde.

Celina aprendera desde cedo, com a mãe, que cozinhar era a maior perda de tempo, pois ela só apreciava as coisas duradouras, eternas. Considerava comida algo muito volátil, que acabava logo que era feita, sem deixar rastros. Vivia dizendo que o tempo de amassar um bolo bastava para ler quase um livro inteiro. E sem contar que, para ela, bolo não possuía nobreza, aliás, todos os mortais comiam, ao passo que apreciar um livro era para poucos. Lia de tudo: fotonovelas (Sandro Moretti, Franco Andrei, Gabriela Desi Farinon, Scyla Gabel e Moira Orfei brilhavam nas histórias de Capricho, Ilusão e Grande Hotel), romances água-com-açúcar da Coleção Menina e Moça, da Biblioteca das Moças, livros mais "apimentados", como "Crime e Castigo", as revistas Seleções e O Cruzeiro.

Tinha um ano a mais que Neusa. Não andava, flutuava, como se atravessasse a nave da igreja, diretamente para os braços de Troy Donahue. Engraxava seus sapatos com graxa-de-estudante (como chamava a flor do hibisco). Era magra, inapetente diante da comida péssima da mãe, passando a frutas, rabanetes, tomates, maçãs e beterrabas do quintal. Homens, só apreciava os dos romances e os dos filmes. Os de carne e osso ela desprezava, ouvindo-a dizer todo dia, com os lábios caídos, numa expressão de nojo *ainda bem que não temos homens, em casa, pois só pensam em comida e em obrigar a gente a ficar perto do fogão.*

Escutara, numa tarde, os comentários das rodinhas de fofoca da praça da igreja, quando dona Dalva, a mãe de Neusa, subira para a missa. Um dos homens cutucara o outro, dizendo *repare aquele calcanhar, é o mais grosso e rachado da cidade.* Um terceiro acrescentou, rindo, *deve ser péssimo sentir aqueles pés, na cama, não? Como será que o marido agüenta?* Ficara contrafeita, olhando para baixo, fingindo que desamarrotava a saia.

As duas viviam juntas, para baixo e para cima. Celina tinha grande influência sobre a amiga, que a seguia, fascinada. Andavam olhando para o chão, na esperança (nunca concretizada) de encontrar um anel de ouro. *Será o momento mais feliz da minha vida*, dizia. *Qualquer dia alguém vai colocar um anel muito largo no dedo, ele vai cair e eu vou achar, tenho certeza.* Quando chovia, saíam logo depois que estiava, pois desconfiavam que os grãos de areia preta e brilhante que caíam perto dos bueiros eram ouro em pó. Alguém havia lhes contado que o ouro de Ouro Preto era exatamente assim, na época do Brasil Colônia. *É só saber procurar, a gente acaba encontrando*, comentavam. Além de anel e ouro em pó, viviam à cata de trevos de quatro folhas, passando manhãs inteiras nos jardins da cidade, de cócoras, esquecidas de tudo. Mas queriam do verde, pois o trevo arroxeado, que naturalmente possui quatro folhas, não servia, visto não trazer sorte a ninguém. Celina apreciava o inusitado, tinha gosto era pela raridade, pelo ímpar, pelo desigual.

Em algumas noites, ficava olhando a mãe se aprontar, para os seus inúmeros compromissos. Uma vez tomou coragem:

— Me dá um abraço, dá?

— Ora, lá vem você, acha que ainda é um bebezinho?

— Só um, mãe, prometo que não peço mais.

— Daqui a alguns dias vai querer que eu lhe dê mamadeira!

— Quero sentir o seu cheiro, mãe. Que perfume é esse? É de jasmim ou de rosas?

— Olhe só, um cavacão desse tamanho! Desse jeito, vai amarrotar o meu vestido. Sabe que fiquei horas passando essa saia pregueada? Linho amassa que é uma coisa!

Desapontada, na manhã seguinte montou um pequeno laboratório debaixo do tanque do quintal, onde pretendia fabricar perfumes. O grave problema era a falta de ingredientes, isso sem contar o método, mas passava dias colocando folhas de malva em garrafões de álcool, na esperança de obter fórmulas geniais. Às vezes chorava, frustrada, diante dos vidros mal cheirosos, quando a malva começava a se decompor. Acrescentava porções de talco, pedaços de sabonete, tudo o que encontrava de cheiroso, em vão. A frustração a levava para a rama de abóboras, que considerava meio mágica, com o espantoso crescimento de seus frutos. Olhando-as ficar enormes da noite para o dia, quase acreditava que seria uma perfumista internacionalmente famosa e que suas poções à base de folhas de malva desbancariam, quem sabe, até os perfumes franceses. Colocava etiquetas em alguns frascos, nomeando as misturas. Um deles, Estrela do mar, seria um perfume sofisticado, para uso noturno. Mas havia outros mais simples, como Manhã de sol, Lago azul, Gotas da paz. Isso sem contar o carro-chefe da coleção, A longa viagem, título de uma fotonovela que sabia de cor, com Scyla Gabel.

Achava Dona Dalva fascinante e repulsiva ao mesmo tempo, com seus noventa quilos que mal cabiam nos vestidinhos ralos, estampados de flores, chinelos de couro marrom e cabelos emplastados de óleo Glostora, lavados uma vez por semana, como contava à vizinhança, com orgulho. Embora a considerasse feia, imaginava como seria a sensação daqueles braços em torno de si. Quase nunca usava sutiã, só para ir à missa, aos domingos, sempre com os enormes seios balançando.

De tanto insistir, obteve permissão da mãe para dormir na casa dela. Teve vontade de chorar quando, depois das orações noturnas, a vizinha serviu grandes canecas de leite com açúcar queimado para a criançada, acompanhado por bolachas feitas em casa. Nem o gosto de bicarbonato, que odiava, diminuiu seu prazer. Fingiu que dormia quando ela passou de cama em cama distribuindo beijos de boa noite. E depois ficou horas acordada, os olhos redondos fixos no teto sem forro.

A madrinha de Neusa morava numa cidade grande, mais ao sul, e veio visitar a afilhada. Trouxe-lhe uma boneca de tranças, grande e morena, diferente das outras, além de vestidos e sapatos. A meninada da rua ficou radiante com a novidade e iniciaram-se os preparativos para o batizado de Bela, nome escolhido pela madrinha. Pelo buraco da cerca, Celina acompanhava a movimentação. Tinha sido convidada para a festa, mas gostava mesmo era da preparação, por isso não desgrudava os olhos dos doces que Dona Neusa e a madrinha enrolavam, debaixo do toldo do quintal. Todas as crianças esperavam doces deliciosos, já que as receitas foram trazidas da cidade grande. Pela primeira vez não haveria tarecos, nem broinhas, nem mesmo arroz-doce. E bolinhas de banana prata, nem pensar!

Quase na hora da festa, enquanto os vizinhos se arrumavam, Celina atravessou o buraco da cerca e foi olhar a mesa de perto. E, de repente, viu. O pequeno bolo em formato de trevo de quatro folhas, confeitado de verde, com cabinho e tudo, estava no centro da mesa. Era tão bonito que seu coração começou a bater muito forte. Não podia ser real, certamente era uma impressão, onde teriam conseguido uma forma de bolo assim? Com medo de ser vista, sentou-se debaixo da mesa, levantando-se em seguida, meio tonta com o cheiro dos doces. Olhou de novo. Não, não era impressão. Lá estava ele, do tamanho de um pratinho. Sobre o cabo curvo, em glacê de um verde mais claro, escreveram o nome da boneca. Lentamente, aspirou o forte cheiro de anis. Experimentou tocá-lo de leve, com a ponta do indicador, chupando-a, em seguida. Era um carinho para a língua, para a boca inteira, aquele gosto de álcool e açúcar. Cada folha do trevo lhe falava baixinho, depois cada vez mais alto, até que as vozes quase a ensurdeceram, *leva-me, leva-me, leva-me, leva-me*. De repente, estava trepada no pé da jabuticaba, boca e queixo verdes, o prato de papel prateado em uma das mãos. Tudo tão rápido e nada mais no prato, sequer um farelo.

Depois se deitou sobre a rama de abóboras, seu lugar predileto, sem se importar com a aspereza das folhas, que sempre lhe deram alergia. Durante segundos (minutos, horas?) só conseguiu sentir o aveludado no estômago. Traçou mentalmente, com os dedos, o desenho do trevo, a coisa mais bonita que já vira. E depois o veludo no estômago foi se transformando lentamente em azinhavre, a doçura desaparecendo da boca, o rosto de Neusa enorme, perplexo, diante da mesa, acompanhado pelos olhares decepcionados das outras crianças, que queriam tanto ver o bolo em formato de trevo. Vozes desencontradas e atônitas, *quem furtou o bolo do batizado, quem furtou, quem?* O vulto da mãe aproximando-se, com o vestido cor-de-rosa, expressão contrariada, *por que você nos fez passar essa vergonha, por quê, por quê?* Limpou os vestígios do glacê verde, esfregando folhas de abóboras no rosto, no pescoço, nas mãos, até começarem a sangrar. Queria ser limpa de novo, ah, a pureza, mas como voltar atrás, como devolver o bolo, se não existia mais? O que diriam as colegas, tão finas e empertigadas? E na escola, na cidade inteira? O vômito verde e branco e as lágrimas deram-lhe um pouco de alívio. Abraçou mansamente a maior abóbora da rama, fazendo-a de travesseiro. De olhos fechados, não havia mais trevos nem abóboras, só os enormes e quentes seios de dona Dalva.

* * *

Duas mães

Pega a saia de casimira azul-marinho, esticada debaixo do colchão, vestindo-a apressadamente. Guardara-a ali para que as pregas se mantivessem no lugar. Sonolenta, procura a blusa de fustão branco. Veste-se, calçando os sapatos pretos, de plástico. Por mais que os lave, sempre conservam um cheiro meio desagradável. Penteia os cabelos e coloca o laço de cetim branco, que completa o uniforme. Ainda não sabe olhar as horas direito e, por isso, sai quase correndo para a escola, sem café, com medo de chegar atrasada.

Aprendera a ler poucos meses antes. Está orgulhosa de já ter lido, sozinha, duas revistas da Luluzinha. Consegue entender todas as lições de "O livro de Lili", a menina que gosta de doce. Acha difícil fazer contas, mas adora letras e palavras. É sexta-feira, o seu dia predileto: na última parte da aula a professora sempre lê em voz alta uma história inteira, do livro "Pérolas infantis". A de hoje se chama "História de uma certa mãe", de Andersen. Apura os ouvidos para não perder uma sílaba sequer.

Num país muito frio, uma mãe estava tomando conta de seu filho doente, temendo que morresse. Um velho bateu à porta e a mulher deixou-o entrar, oferecendo-lhe vinho quente. Ele foi aquecer-se perto da lareira, enquanto ela lhe mostrava o filho. Exausta, depois de três noites sem dormir, acabou cochilando. Quando acordou, não encontrou mais a criança, raptada pelo velho.

Desesperada, saiu à procura do filho e encontrou uma mulher de roupas negras, sentada sobre a neve. Chamava-se Noite e vira o velho, que era a Morte, passar correndo com a criança nos braços. Mas disse que só revelaria a direção de ambos se ela cantasse todas as canções de ninar que conhecia. Como eram muitas, demorou bastante tempo, até que chegou à última canção. A Noite então lhe disse que fosse pela direita, até encontrar um bosque de abetos. Chorando, a mãe correu em direção ao bosque escuro.

Ismênia sente a garganta seca, fechando-se cada vez mais. Algumas crianças conversam e a professora pede silêncio, para continuar a história. Prende o choro, mas seu peito dói tanto que começa a massagear o pescoço. Abaixa a cabeça, encostando o rosto na carteira, para que os colegas não percebam sua emoção. A sala de aula transforma-se num campo cheio de neve.

A mulher conseguiu chegar ao bosque, mas os caminhos se cruzaram e ela não soube mais qual deles deveria seguir. Quase chegando ao fundo, encontrou um espinheiro sem folhas nem flores, castigado pelo inverno. Ele disse ter visto a Morte passar com o menino, mas só revelaria a direção se a mulher o aquecesse. Abraçou-o fortemente, apertando-o contra o corpo. No mesmo momento, enquanto o sangue escorria-lhe pelo peito, o espinheiro encheu-se de folhas verdes e de flores. Ele indicou-lhe o rumo e a mãe correu à procura do filho.

Não é mais possível segurar o choro. Ismênia soluça alto, a cabeça sempre na carteira. O sangue vermelho confunde-se com o batom que vira na véspera, na camisa do pai. Apanhava folhas de couve na horta, quando viu a mãe juntando a roupa, para lavar. E de repente, o choque, quando ela encontrou a camisa. Examinou as manchas minuciosamente, colocando o tecido contra o sol. Não disse nada, apenas pôs o tacho com água no fogo, para ferver a roupa, e foi ralar mamão verde para fazer o doce que a menina vendia na rua, depois do almoço.

Sempre correndo, a mulher viu que o caminho dava num lago, onde não havia nenhuma embarcação. Ele começava a degelar e por isso não havia como atravessá-lo. Abaixou-se, disposta a beber toda a água ali existente. Sabia ser impossível, mas talvez ocorresse um milagre. O lago lhe disse que colecionava pérolas e seus olhos eram as mais claras que havia visto. Prometeu levá-la até a outra margem, na casa da Morte, onde ela cuidava de árvores e flores, que representavam as pessoas. Em troca, queria que chorasse até que seus olhos caíssem. Chorou tanto que os transformou em pérolas, deixando-os cair no lago. Como combinado, num abrir e fechar de olhos o corpo da mãe foi jogado no outro lado, onde existia uma casa enorme, que ela, por estar cega, não podia ver. Como guardiã dos canteiros, havia uma coveira vestida de negro, que lhe disse: *muitas plantas morreram essa noite, e a Morte virá replantá-las. Como cada uma representa uma pessoa, o coração delas bate. Vá procurar o seu filho. Talvez consiga reconhecer as batidas do coração dele. Em troca, quero os seus cabelos negros, pois os meus já estão brancos*. A mulher entregou-lhe os longos cabelos, e foi conduzida à morada da Morte.

A menina sabe a quem pertence o batom escuro. O pai convidou-a para almoçar numa pensão da cidade, onde entraram juntos no quarto de uma mulher de cabelos avermelhados, vestida com um penhoar lilás. Ela lhe deu uma caixa de bombons Sonho de Valsa. Na saída para o salão de refeições, viu quando se beijaram, meio escondidos, atrás da porta. Os três almoçaram juntos e havia salsicha, que adorava e não pôde provar, porque começou a pensar na comida da mãe. Não achava certo estar ali, embora gostasse muito de variar de comida. Havia também Q-suco de morango, o seu predileto.

O pai lhe explicou que a moça era sua colega de trabalho e grande amiga. Estranha essa amizade, pois nunca a vira em casa. Será que a mãe também a conhece? Acha lindos os seus chinelos de veludo roxo, enfeitados com um pompom. Tem vontade de comprar iguais para a mãe, para dar de presente no Dia das Mães. Será que ela gostaria deles?

Na morada da Morte, havia uma profusão de árvores: algumas altas e fortes, como as palmeiras, os plátanos e os carvalhos. Outras eram pequenas ainda, carregadas de flores. Existiam também plantinhas doentes, murchas, em pequenos vasos. Cada planta tinha uma placa com o seu nome. A mulher examinou as menores, tentando reconhecer as batidas do coração do filho, até que encontrou um pequeno pé de açafrão muito doente, quase morto. Sentindo que era a criança, começou a gritar, e a coveira recomendou-lhe que, quando a Morte chegasse, não a deixasse arrancar a planta, ameaçando-a de arrancar outras. Nenhuma delas poderia ser tocada sem a permissão de Deus e a Morte tinha de prestar contas de uma por uma.

A professora não interrompe a leitura, e Ismênia continua soluçando. Tem vontade de contar à mãe sobre a moça do batom, o almoço na pensão, a salsicha, mas não sabe se é direito. Receia que fique triste ou que brigue com ela, por ter ido ao almoço. Gosta muito de sair com o pai e, se contar, talvez ele não a convide mais. Se conversasse com alguém, é possível que a aconselhassem. Mas só poderia contar à tia, que é irmã da mãe e que certamente falará com ela. Sente que não pode confiar em ninguém, terá de decidir sozinha.

Como pôde encontrar o caminho?, disse-lhe a Morte. *Sou mãe, Nosso Senhor me ajudou. Mas só faço o que ele deseja, obedeço as suas ordens. Sou a sua jardineira, planto todas as sementes no jardim do paraíso, mas não sei como crescem, isso não posso lhe dizer. Devolva-me o meu filho, eu lhe imploro! Se não o fizer, arrancarei as outras plantas, eu juro! Não as toque! Quer fazer outra mãe infeliz, como você? Ah, não, outra mãe, não*, exclamou, desconsolada.

A menina pensa na barriga enorme. Lembra-se das pernas inchadas, cheias de varizes, do rosto vermelho. Há alguns dias acordou de madrugada, antes do canto do galo, escutando a voz do pai dizendo que ela estava feia e inchada. Não é mais tão jovem e tem passado muito mal, nessa gravidez. Sabe o esforço que faz para rachar lenha, de manhã, ouve seus suspiros no final do dia, as mãos nos quadris. Será que é errado passear com o pai? E se ele a levar àquela pensão de novo, o que deve fazer?

A Morte entregou-lhe duas pérolas, dizendo *aí estão os seus olhos. Tirei-os do lago, pois brilhavam muito, e não sabia que eram seus. Vou lhe dizer o nome das duas flores que queria arrancar. Olhe para a água e verá o futuro das duas pessoas*. Olhou o fundo do lago e viu dois destinos opostos: um, abençoado, só trazia alegria para todos que estavam à sua volta; o outro era pura dor e tristeza. *Diga-me, Morte, qual é a flor da felicidade e qual a do infortúnio? Não vou dizer. Apenas lhe conto que uma delas é o seu filho, você viu a sorte do seu próprio filho. Oh, não, tenha compaixão. Salve o inocente! Leve-o para Deus, esqueça as minhas súplicas! Não a compreendo*, disse a Morte. *Você quer o seu filho de volta ou prefere que o leve à terra que ninguém conhece?* A mãe caiu de joelhos, rogando a Deus que não ouvisse seus pedidos, se fossem contrários à sua vontade. A Morte pegou a criança nos braços e levou-a para o seu reino.

A sineta toca. É grande o alvoroço das crianças, arrastando as carteiras para irem embora. Ismênia espera que os colegas saiam, pois tem vergonha de mostrar o rosto. Ninguém parece ter visto nada. Até a professora está despreocupada, ajuntando o material para deixar a escola. Quinze para meio-dia, todos só pensam em almoçar.

No caminho, tenta inventar uma desculpa, caso a mãe lhe pergunte o que aconteceu. Não quer contar-lhe sobre a história, pois tem medo de que pense que é boba como um bebê de colo. Justo agora, que aprendeu a ler, quer que a julguem uma mocinha. Não sente fome, embora não tenha comido nada, desde cedo. Apenas uma espécie de cansaço, um vazio na cabeça, acompanhado de dor nas têmporas. E uma vontade forte de abraçar a mãe, de ver se está viva mesmo.

Encontra-a picando abobrinha, para refogar. Destampa as panelas, querendo saber se tem mandioca frita. Pede que arrume a mesa, logo o pai vai chegar para almoçar. Não lhe faz perguntas, provavelmente não reparou nos olhos inchados. Começa a por os pratos, com cuidado.

— Mãe, sua vida passa boa?

— Por que a pergunta, agora?

— Eu só queria saber, mãe. Passa?

— Sim, a vida está normal, tudo normal. Você quer saber isso por quê?

— Por nada. É que...

— Você tem muita imaginação, não é? O que está cismando?

— Eu só quero que me diga se é feliz.

— É claro que sou feliz! Por que não haveria de ser?

— Não sei, mãe, é só uma pergunta.

— Acho que você anda estudando demais, sabe? Hoje à noite vai ter brincadeira de roda?

— Se eu lhe perguntar uma coisa, você me responde?

— Pode perguntar, prometo que vou responder.

— Mãe, por que você se casou com o pai?

— Ah, faz tanto tempo! Acho até que já me esqueci...

— Mas você gosta dele, não gosta?

— Gosto, é claro. Ele não é o seu pai?

Faz o prato e come devagar, segurando as costeletas de porco com as mãos. Ainda se sente um pouco estranha, vinda de outro mundo, onde havia neve e açafrão, palavra que não conhecia. Mas não quer falar sobre isso, acha que ninguém entenderia. Troca o uniforme e escova os dentes. Depois pega um pano de prato na gaveta, para cobrir o tabuleiro. Caminha lentamente até à cadeia pública, onde quase todos os presos compram doce de mamão. Só voltará para casa quando tiver vendido todos os pedaços. Está juntando dinheiro para adquirir um par de sapatos de couro e aposentar os de plástico para sempre.

* * *

Dias no limbo

O frio só falta congelá-la por dentro. Não se preparou para a viagem como deveria. Esqueceu o casaco, deixou as meias que havia separado sobre a cama, saiu de sandálias mesmo, debaixo de chuva. Impossível planejar direito, naquele frenesi. A mala fora arrumada sem método, roupas jogadas umas sobre as outras, somente um pé dos sapatos marrons, um sutiã velho e nenhuma calcinha. Tinha muita pressa em partir, sem saber porquê. Possuía uma única certeza, a de que não podia permanecer ali. Da cidade litorânea, corria para outra, mais no centro do país.

A pequena nuvem branca começa a cair, sem cessar. Assustada, grita alto *o quê é isso, o quê é isso?*, enquanto o homem idoso da poltrona de trás, acompanhado de duas adolescentes, diz, surpreso: *mas a senhora nunca andou de avião?* Impossível lhe responder que sim, muitas vezes, mas nunca a fumaça branca a incomodara, como agora. É cocaína, sei que é cocaína, então aquele canalha quer viciar-nos, até isso? A aeromoça traz as bandejas, refrigerantes e canudinhos. Não pensa em almoço, cheiro nenhum, só enxerga os canudinhos, é essa a ordem, o canudo para cheirar o pó. Estamos perdidos, somos uns perdidos, essa tripulação toda, mas este vôo não acaba, horas sobrevoando a Amazônia, que volta é esta, a Amazônia não fazia parte do trajeto. Um desvio, então. A qualquer momento vão nos jogar lá embaixo, empurrados sobre a Amazônia, caminhamos para a morte. O destino da viagem era mais próximo, só a decisão de nos matar poderia ter feito o piloto mudar de rota. Ele recebeu essa ordem, estava segura. Por que nos mataria, por quê?

A bexiga parece que vai estourar. Há horas prende a urina, com medo de sair da poltrona. Meio trôpega, procura o banheiro, não agüenta mais. É difícil abaixar o fecho da calça jeans, a aeronave balança muito, enquanto a cabeça chacoalha. O *aeromoço*, não, correto é dizer comissário de bordo, bate à porta, esperando-a sair, o rosto grave, dizendo *a senhora está bem, aconteceu alguma coisa?* Pede outra bandeja, a primeira fora devolvida intocada, e a mesma voz neutra, em tom meio duro, responde *esta é a última, não temos outras, a bordo.* De novo não come, para regozijo do comissário, com seu irônico olhar escuro, como se dissesse *eu falei que iria estragar a comida, não falei?* Dane-se a comida, passagem de avião é tão caro que dá para cobrir dúzias de bandejas de comida de plástico, com gosto de leque velho, caldeirão esmaltado, bacia. Todo mundo fingindo que come, que é gostoso, que é, pelo menos, possível mastigar os pedaços de frango crus, batendo duro nos dentes. Presa a uma história só sua, não vê nada, nada do que é considerado trivial.

Sabe que a olham com estranheza, embora ninguém ouse dizer claramente o que pensa. E o que pensarão, afinal? Aparentemente, não há nada errado com ela, os cabelos estão penteados, os fios no lugar certo, leve ar de batom nos lábios, não se esqueceu sequer do pó-de-arroz. Embora tenha se vestido com pressa, cuidou dos detalhes, para que não percebessem que há algumas horas vive como que suspensa, entre isso que costumeiramente é chamado de realidade e uma outra, dolorida, confusa, enorme, que se impõe sobre tudo e que se quer única. Tem consciência de que não está bem, mas acha impossível que a compreendam. E a urgência, a urgência de fingir que tem o controle, que nada ocorreu, ontem e anteontem iguais a todos os dias, todos os anos. Precisa esconder o medo e, sobretudo, a certeza de que aquele vôo é o último, pois está certa da existência de um plano com o propósito de matar todos os passageiros, fazendo-os despencar na floresta amazônica.

Queria tanto poder dormir, talvez conseguisse, não fosse a excitação e a necessidade de repassar todos os detalhes, sem cessar. Qualquer objeto representa uma evidência da existência do plano: o sabonete do minúsculo banheiro, o papel higiênico, o fato de ser azul e não branco, cada detalhe é importante para montar o quebra-cabeça. Até o reduzido número de passageiros transforma-se em elemento de convicção, claro, eles querem matar poucas pessoas, conseguiram nos reunir aqui e vão nos fazer despencar na selva.

Horas depois, não sabe bem como, chega ao aeroporto, onde Sônia, a amiga de infância, a espera:

— Oi, Celina, que bom que você chegou! Que palidez é esta, o avião balançou?

— Sim, estou bem (é importante não deixar que percebam o seu pânico. Tem de fazer tudo direito, fingir que vê o mesmo que todos vêem). Esperou muito tempo, aqui sozinha?

— Nem tanto. Vamos ali pagar o estacionamento, é rápido.

— Continua com o mesmo carro?

Sônia abre o carro, quase correndo. Em seu alheamento, Celina não entende a razão, até que a amiga lhe diz que o alarme disparou, não ouvira nada?

Finge que sim, é claro que ouviu, e Sônia faz de conta que acredita. No trajeto, cisma que um carro branco as segue e apressa a outra, dizendo sempre eles querem nos pegar, vão acabar conseguindo.

— Não, não vão conseguir, Celina. Prometo que chegaremos em um minuto.

— Estou tão cansada, você não imagina! Foi um vôo enorme, sabe que sobrevoamos a Amazônia?

— A Amazônia? Não é possível. Por que o avião teria mudado de rota?

— Não sei. Mas demoramos horas, estou exausta. O vôo atrasou, não foi?

— É, houve um atraso.

Sônia fica em silêncio, até chegarem à garagem do seu prédio. No apartamento, prepara um banho para Celina, enchendo a banheira até a borda, enquanto despeja os sais.

— Tire a roupa, vou ajudá-la a tomar banho. Quem sabe a acalmará um pouco?

— Não quero, tomei banho antes da viagem.

— Mas tem uma aparência cansada e está de olheiras. Venha, entre no banho, vou ensaboá-la.

Entra na banheira, sem um desejo real de fazê-lo, enquanto a amiga se esforça para esfregá-la com uma grande esponja bege. Fala sem parar sobre o avião e a estranha fumaça que parecia cocaína, das pessoas que querem pegá-la, ligadas ao seu antigo emprego.

— Eles querem me matar, Sônia, e vão conseguir. Pensei em prosseguir até a cidade onde moram, era só seguir viagem, o avião fez escala aqui, não? Queria falar com eles, me justificar, explicar como as coisas aconteceram, de verdade.

— Mas você não podia, só tinha passagem até aqui.

— Não era só continuar no avião, não descer?

— Absolutamente, eles não deixariam, pois só pagou este trecho.

— Nem pensei nisso. É tão importante assim?

— Claro, Celina.

Enquanto a ensaboa, Sônia percebe a intensidade da confusão da outra e sua garganta se fecha. Celina, a admirada, a inteligente, a que recitava poemas enormes, a primeira da classe, a bem-sucedida, reduzida a isso? Este corpo magro e delicado, as pernas frágeis, cobertas de veias azuis, o olhar opaco, seco, não lembrava o antigo, arguto e expressivo. Sente pena, tristeza e um certo triunfo. Então ela, a dona-de-casa, mãe de quatro filhos, tinha feito a escolha certa? Estaria justificada, finalmente, no seu bem protegido mundinho, no qual o principal desafio era organizar um jantar festivo? Sempre desconfiara da vida de Celina, que julgava borbulhante, aquele destemor iria acabar com ela, há tempos o sabia. A bem-humorada, bem arrumada, toda perfumada Celina Trindade tinha vomitado durante o vôo. Agora parecia uma estátua sem vontade própria, comprida e magrinha como a Barbie. Antes independente e indomável, estava à disposição de suas mãos. Impossível ter imaginado essa cena, mesmo nos momentos em que se entregava a fantasias, imensas histórias nas noites intermináveis, quando o marido estava ausente, viajando e fechando contratos milionários. Tem vontade de rir, rir bem alto, havia vencido, ela sim, era a saudável, a que soubera se preservar, capaz de se esconder do medo, dava nó em goteira, tinha tudo que queria, jóias, carro importado na garagem, fazia lindos bolos de aniversário e mantinha os quatro filhos sob suas saias, aprendera finalmente a se valorizar. Mas há um quê em Celina, um levantar de sobrancelhas, um olhar vazio como o de um pássaro, que fecha mais ainda a sua garganta, como se tivesse engolido pedras. O desejo de gargalhar por se sentir vitoriosa e ao mesmo tempo uma vergonha, uma vontade de sumir por se saber mesquinha.

Fora praticamente obrigada a pedir demissão de seu emprego. Ela mesma cavara a própria sepultura, com aquela mania de dizer somente a verdade, de confiar nos outros e de não querer fazer concessões. O clima foi ficando insuportável, o ambiente piorou tanto que parecia a corte de Luís XV. Da imagem de funcionária competente, construída durante anos, não sobrara nada. Formaram-se complôs grandes e pequenos, perdera a gratificação e a nova chefia, especialista em alianças, odiara-a desde o início. A situação piorou ainda mais quando descobriu, por acaso, que seu chefe era usuário de cocaína, e não conseguiu esconder dele que sabia. Houve também o episódio das cartas, as lindas e perfeitas cartas que, como redatora, escrevera para o chefe anterior assinar. A mediocridade da nova gestão era tão grande que as pastas das correspondências assinadas apareceram no corredor, espalhadas, com marcas de pisadas, em frente à porta da sua sala. Ninguém parecia respeitar a memória da instituição na qual trabalhara durante tantos anos.

Naquela noite, chegara em casa arrasada, ansiosa para contar ao marido a visão das pastas destroçadas. As luzes da sala estavam apagadas, pensou que não estivesse em casa, talvez no curso de Japonês, idioma pelo qual nutria grande paixão. Foi quando ouviu sua voz, falando baixinho ao telefone *hoje não vai dar, querida, mas amanhã prometo encontrá-la às duas da tarde, no seu apartamento, sim, claro, você estará sozinha, não é? Espere-me com seu quimono vermelho, sem nada por baixo, como sempre. Não, a funcionária perfeita ainda não chegou, está às voltas com a nova chefia, obcecada por trabalho como é, imagine como deve estar? Aquela mulher parece uma máquina, só pensa em produção, tem idéia fixa na Língua Portuguesa, vivo com uma autoridade, não sabia? Mas hoje a Miss Perfeição está demorando, podemos conversar mais um pouquinho.*

O tom de voz tornou-se ainda mais baixo. Tirou as sandálias e foi para o banheiro descalça, pois não queria que percebesse sua chegada. Abriu todas as torneiras para que ninguém lhe ouvisse o choro, esfregou a cabeça muitas vezes, na esperança de arrancar os pensamentos. Então ele, seu companheiro há tanto tempo, que sempre lhe elogiara as frases esmeradas, o estilo elegante, pensava isso dela? Que dizia detestar a cor vermelha? Todos aqueles anos resultaram nisso: ser chamada de Miss Perfeição.

Terminado o longo banho, Sônia a enxuga lentamente:

— Amanhã iremos ao médico, já marquei a consulta.

— Mas não preciso de médico, não tenho nada.

— Será bom para você, conversar com alguém treinado para isso.

— Eu não quero ir, tenho medo de sair à rua. Prefiro ficar em casa, posso dormir na sua cama, esta noite?

— É claro que sim, querida. Meu marido está viajando, não há nenhum problema.

A empregada traz a bandeja com a sopa, que ela mal prova. Está tão aflita que não consegue parar, não se senta nem para comer, repetindo as mesmas coisas: querem matá-la, há um plano bem elaborado para isso, conta e reconta as várias versões do plano, sem perceber a falta de elo entre acontecimentos. Há uma lógica particular no relato, que causaria estranheza até numa criança, mas que julga perfeita, intocável. Repete inúmeras vezes *sei que você não acredita, sei que não acredita em mim, mas é verdade, tenho certeza de que é verdade. Você não acredita, não é?*

A impotência de Sônia, repetindo sem convicção *acredito sim, claro, amanhã vamos ao médico, nós vamos ajudá-la, confie em nós*. Na manhã seguinte mente, dizendo que irão a um consultório pegar um atestado médico para o filho mais velho. Celina conversa com a médica, mas não conta nada, fechou-se completamente, por medo de comprometer outras pessoas, e assim atrair sobre elas a ira de seus inimigos.

Com outra desculpa, a amiga consegue levá-la de novo ao consultório, à noite. Baixinha e magra, a doutora tem os cabelos muito pretos e olhos impressionantes, que só podem ser apreciados quando tira as lentes grossas. Presente à consulta, Sônia pede que conte que se sente perseguida. Muito séria, a médica lhe diz, com voz segura:

— Bem, se você está sendo perseguida, a primeira coisa a fazer é contratarmos um detetive. Há vários profissionais bons, na cidade.

— A senhora pensa em contratar detetive para mim?

— Sim, para nós. Alguém que consiga desvendar o plano dos assassinos, para que possamos nos defender. Há quanto tempo estão atrás de você?

— Umas setenta e duas horas, talvez. Sei que me espiam e que não posso vacilar.

A doutora fica em silêncio, olhando-a, durante um tempo que lhe parece interminável. Com voz decidida, lhe diz: *nós vamos ter de investigar, primeiro, a razão pela qual esse avião desviou sua rota e foi parar na Amazônia. Deve haver algum registro na caixa preta, não é? Começaremos contatando a direção do aeroporto.* Vai até à mesinha do centro e pega o catálogo telefônico, a cabeça erguida.

Celina sente uma espécie de comichão nas pernas e, em seguida, relaxamento. Perdeu a conta do número de dias que não descansa. Pela primeira vez na semana, encosta a cabeça na poltrona. Pouco a pouco, a exaustão vai cedendo lugar ao alívio. Enfim, alguém acredita nela, leva o seu tormento a sério e vai ajudá-la. Não terá mais de fazer tudo sozinha, encontrou uma pessoa com quem dividir o peso. Pensava ser a única pessoa do mundo a sentir essa coisa insuportável, na qual ninguém acredita. O horror não é mais só seu, não de todo. Talvez o caminho tenha volta, mas voltar para onde? Não tem mais emprego, não gosta da cidade onde vive e perdeu o marido para uma mulher menos perfeita, provavelmente não possuidora de todos os seus predicados. Ela, a segura, a competente, a forte, que sempre julgou saber mais que os outros, percebe que não sabe nada. Sua única certeza é de que precisa desesperadamente da mulher morena que está à sua frente, consultando o catálogo telefônico. A pessoa que realmente importa, no momento, mede menos de um metro e sessenta, usa um vestido preto, de malha, e sandálias marrons, de saltinho. O único ser, em todo o universo, que compreendeu a sua história, de verdade. Estava farta de mentiras, de declarações caridosas. E pensa no simbolismo de seu signo, o perfeccionista e rígido Capricórnio, que só alcança a maturidade autêntica quando abre mão do seu orgulho, quando desiste de carregar o peso do mundo nos ombros e dobra os joelhos diante de forças superiores, que os antigos chamavam de Destino.

Sente uma empatia profunda pela mulher um pouco mais jovem do que ela, que continua manuseando o catálogo. Depois de meses confinada em um apartamento o dia inteiro, numa cidade desconhecida, tendo por companhia apenas os pensamentos obsessivos sobre as suas perdas, após o terror daquele inventário cuja soma sempre dava zero, ainda resta uma esperança. Talvez não seja um ser totalmente errado, quem sabe? Talvez exista um outro caminho, onde pessoas que agem às vezes certo, às vezes errado, possam trilhar.

Lentamente, o pavor de tudo e de todos vai dando lugar a uma inesperada calma. Um forte perfume de manacá inunda o consultório, trazido pela chuva fina que cai sobre o jardim. Tem vontade de ajoelhar-se, não diante da mulher sentada à sua frente, mas diante do poder do destino, da vida, do cosmos - o nome, na verdade, não importa. Não seria aquela mulher a personificação dessa força? Sente que há muito a aprender através dela, mais do que com ela. A jornada que vai começar a empreender é uma grande aventura, talvez a maior de todas: saber mais sobre si mesma.

Acabo de encontrar o número do aeroporto, fala alto. Assim que quiser, já podemos fazer a ligação. É melhor ligarmos agora, antes que as linhas telefônicas fiquem muito tumultuadas. E, pegando o aparelho, começa a discar. Confrontada com a realidade, Celina percebe, de uma só vez, que os indícios de que dispunha não fazem frente à formulação de uma hipótese. Tem a sensação de que um balão, antes cheio, acaba de cair ao chão, completamente vazio, sem nenhum ruído. E, pondo-se de pé, diz que não é mais necessário telefonar, pois não há razão para se investigar a caixa preta do avião. Olha longamente sua interlocutora, afirmando: *essa história não existe, tudo não passou de uma fantasia horrorosa, imaginei tudo isso, doutora. Estava equivocada.*

* * *

Dentes perfeitos

Os tamancos da vizinha parecem mais barulhentos hoje. Ela tem passos de homem, como diziam no interior. Essa família, toda ela, é assim. Eles deixam cair coisas, arredam móveis, pedalam a bicicleta ergométrica (antipatia das antipatias!) de madrugada, provocando um ruído irritante como giz no quadro negro. No apartamento de cima, sobra vitalidade e falta boa educação. Como têm energia! Falam alto, assistem à televisão e ouvem uma música monótona (árabe, talvez) no último volume. Sem contar as freqüentes idas ao banheiro de madrugada. Quantas vezes teria acordado, nas últimas noites, com o barulho de descargas? Nesses momentos, imagina-se batendo no liquidificador uma caixa inteira de calmantes com leite, oferecendo copázios a todos os membros da família. Será que assim dormiriam, deixando-o em paz?

Augusto vira-se de novo na cama, buscando uma posição menos desconfortável, em que não sinta essa dor migrante nas costas. Precisa fazer, urgentemente, radiografias da coluna e do tórax. Contar carneiros não resolve. E há o diálogo, sempre as mesmas palavras:

— Quero falar com você.

— Agora, de madrugada? Não pode ficar para amanhã?

— Não, tem de ser agora. Estamos mal, Augusto. Só vejo uma solução para nós.

— Você fala em separação? Mas assim, de repente?

— Não é de repente. Há três meses não vamos para a cama juntos. Nem me lembro do nosso último beijo, parece que faz séculos que não acontece nada entre nós.

— A culpa não é minha, Geórgia. Cansei de convidá-la, fiz charme para você, lancei olhares, e fez que não viu.

— Tudo para você é culpa, não é? Não se trata de encontrar culpados: nós dois estamos mal, não nos desejamos mais.

— Nunca lhe disse isso. Com que direito interpreta meus sentimentos, como pode falar em meu nome? Não me lembro de ter-lhe dado procuração.

— Ora, não finja agora, Augusto. Mas posso assumir, também: eu não o desejo mais, meu interesse por você acabou, morreu. Essas coisas acontecem assim mesmo, ninguém sabe a razão.

— Não pretendo discutir agora, de madrugada. Amanhã conversaremos.

— Ah, você não se emenda, continua o mesmo. Tudo para amanhã. Detesto essa palavra, amanhã.

— Estou muito cansado e quero dormir.

Lembra-se do esforço que fez para adiar a conversa, cujo desfecho já conhecia. Conversar mais, para quê? Afinal, não estava tudo dito? Dois dias depois, ao voltar do escritório, encontra a sua bagagem arrumada, as malas junto à cama. "*O que é isso?*", tem vontade de gritar, abrindo as portas dos armários, onde não há uma peça de roupa sua. De repente, vê o bilhete, na mesinha do telefone: "*Augusto, vou ao cinema com uma amiga, para deixá-lo à vontade e não vê-lo sair de casa. Não quero mais viver com você*".

Agora a vizinha resolve brigar com a filha adolescente, tão mal educada quanto ela. A menina grita e chora, correndo pela casa enquanto vocifera *sua vaca, você não é mãe, é um animal.* Sapateia pela casa com seus tamancos (ela também usa tamancos), enquanto os dois cachorros a acompanham, latindo. Lutando contra a insônia, Augusto pensa em um dístico do qual sua mãe austríaca gostava muito, extraído de uma canção popular de seu país: "*oh, Agostinho querido, tudo está perdido, ido, ido*". Por causa dessa canção, cuja autoria atribuíam a um certo Agustín, recebeu o nome de Augusto. Estaria mesmo tudo perdido, como na canção folclórica?

Conheceu-a em fevereiro, durante o carnaval. Nunca fora um folião, sempre passando os feriados bem longe da cidade, de preferência no mato. Daquela vez, escolhera uma cachoeira, perto da qual montou sua barraca, sozinho. No segundo dia do passeio, acordou com os gritos estridentes de uma menina, que, pela voz, devia ter uns oito anos. Após tomar seu café, jogou-se na cachoeira, deliciando-se com a água gelada. Em seguida surgiu a mãe, uma morena baixinha, não especialmente bonita, mas com um sorriso maravilhoso. Provavelmente em razão de seus dentes tortos, era apaixonado por dentes perfeitos. Passaram aqueles dias praticamente juntos, fazendo caminhadas, explorando matas, cozinhando. Ansiosa por atenções masculinas, a menina apegou-se a ele, apelidando-o de Guto e não o deixando só um minuto sequer. *O pai dela foi embora quando tinha um mês*, disse-lhe Geórgia. *De lá para cá, vê o pai em todos os namorados que arranjo*. Teve vontade de perguntar-lhe se foram muitos, mas calou-se, com medo de parecer indiscreto.

Em três semanas ficaram íntimos e decidiram morar juntos. Augusto estava certo de que o relacionamento era para valer. Sua mãe estranhou a rapidez de tudo, insistindo para que esperasse um pouco mais, antes de tomar a importante decisão de vender o seu apartamento quarto-e-sala. Os esforços maternos foram em vão: estava tomado pela pressa dos apaixonados, queria levantar rapidamente o dinheiro necessário à reforma do apartamento de Geórgia. Nunca estivera tão certo de algo, como do seu amor pela dona dos dentes mais belos que já vira. Era bem feita de corpo, embora excessivamente baixa. Parecia uma garrafa de coca-cola, cintura fina e quadris largos.

Com o dinheiro obtido na venda do apartamento, além de reformar o banheiro da suíte do casal, comprou uma cama para os dois e uma caminha infantil cor-de-rosa, a pedido da enteada. Inexplicavelmente, a moça não gostou que presenteasse a filha, acusando-o de comprar o amor da menina. *Mas foi só uma gentileza, meu amor. Quis que sua filha soubesse que me importo de verdade com ela, que pode contar comigo. Ora, não vou permitir que você manipule a menina, com presentes caros. E depois, se o nosso relacionamento não der certo? Como ficará a pobrezinha? Não, é melhor não se aproximar muito dela, para evitar sofrimentos futuros.* Decidiu não responder, para evitar discussões. Estaria com ciúme da filha? Não seria prematura a preocupação com o fracasso do relacionamento? Afinal, ainda estavam dando os retoques finais no apartamento, embora os tapetes tivessem ficado para depois, por causa do preço. Herdara do pai o gosto por tapetes persas e preferia não comprar nenhum a adquirir nacionais.

Nos primeiros meses, tudo transcorreu bem. Passeavam, assistiram juntos a uma apresentação de "Madame Butterfly", que ele venerava, a ponto de cantar suas árias mais conhecidas, quando alguém lhe pedia. Geórgia parecia feliz, mostrando os belos dentes a todo instante. O único senão era uma certa antipatia que a mãe dele nutria por ela, que Augusto desqualificava, colocando-a na vala comum do previsível ciúme de sogra. A enteada apegava-se a ele cada vez mais e foi preciso conversar longamente com ela, para explicar-lhe que não era correto chamá-lo de pai. A mulher mantinha-se distante dessas conversas e manobrava, de maneira nem sempre sutil, para que não ficassem juntos além do que julgava necessário.

Amiúde, dava demonstrações de seu gênio forte. A mais séria delas ocorreu em uma loja de roupas masculinas, quando foi comprar um terno para a cerimônia de bodas de ouro dos pais. Não se sabe por que razão, ela cismou que a vendedora estava flertando com ele e, depois de descompor a moça, chamou o gerente da loja e apresentou reclamação. A vendedora, que devia ter uns vinte anos, chorava, diante dos clientes. Avesso a escândalos, envergonhado, Augusto tentou, sem êxito, contornar a situação. Mais tarde, quando ela lhe pediu desculpas, culpando o novo chefe pelo seu nervosismo, acabou perdoando-a, em meio aos lençóis de cetim bege.

O que mais o desgostava era a maneira pouco carinhosa com que tratava a filha. Habituado ao cuidado meio excessivo que sempre recebera da mãe, não conseguia entender como podia ser tão dura com uma criança. Tentava arranjar-lhe atenuantes: teria ficado traumatizada com a rejeição do pai da menina, quando esta tinha um mês de vida? Possuía aquele rostinho moreno traços semelhantes aos do pai abandonador? Pensaria que os trabalhos com a menina impediram-na de viver os melhores anos de sua juventude?

Embora não encontrasse respostas satisfatórias, acabava por afastar esses pensamentos, disposto a cultivar o relacionamento. Uma noite, cobrindo-o com o cobertor bege, cor que adorava, ela lhe disse:

— Você quer ter filhos?

— Com você, é claro que sim.

— Mas não estou me referindo a nós.

— Refere-se a quem, então?

— A você, apenas a você. Acha importante tê-los?

— Seria bom para sua filha, ter um irmão ou irmão, não acha?

— Deixe a menina fora da nossa conversa. Gostaria de saber se sofreria, caso eu não quisesse mais filhos.

— Nunca pensei nisso, Geórgia. Sempre achei que fôssemos ter um filho, juntos.

— Quero lhe confessar uma coisa: tenho horror de engravidar. Acho que morreria, se ficasse grávida.

— Mas por que não? Temos todas as condições. Nós nos amamos, somos bem empregados, o que é que poderia impedir-nos de ter um filho?

— Ah, Augusto, você não entende. Eu não quero, sabe? Não quero mais filhos de jeito nenhum. Estive no ginecologista hoje e ele me proibiu de tomar pílulas, disse que os hormônios estão me dando efeitos colaterais. Minha displasia mamária é causada pela pílula. Tenho de parar de tomar, imediatamente.

— Minha querida, por que não me contou antes? Nem desconfiava disso, juro.

— É verdade, sim. O médico acha que a única maneira de resolvermos o problema é você fazer uma vasectomia. Só assim poderíamos viver tranqüilos. Você faria isso por mim?

— Se não houver outra solução...

Relutou durante alguns dias, mas por insistência de Geórgia, acabou procurando seu urologista, para marcar a cirurgia. Não queria fazê-la, mas desejava viver bem com ela. Sobretudo, gostava de ir até o fundo nas coisas, sempre fora assim. Se o preço que deveria pagar para ser feliz no casamento era esse, pois bem, pagaria.

Nada disse aos pais, sabendo de antemão o que pensariam da exigência da nora. E entendia-os, também, por conhecer a intensidade com que queriam um neto. Sentiu uma certa pena deles, que teriam de esquecer definitivamente aquele sonho, já que era filho único. A operação correu bem e ele voltou para a casa, aliviado.

Qual não foi sua surpresa, no dia seguinte, ao saber que Geórgia passaria uma semana em Buenos Aires, com a filha. *Mas você vai viajar agora? Por que não me disse antes? Ora, não queria preocupá-lo, antes da cirurgia. Resolvi há poucos dias, nem deu tempo de contar-lhe. Vou aproveitar um resto de férias do ano passado, para não perdê-las. E depois, você pode fazer suas refeições na casa de sua mãe. É só uma semana, passará logo, você vai ver.*

Chegou da Argentina diferente, aérea e meio distante. Quase não comentou a viagem, evitou falar sobre as casas de tango, nada contou do túmulo de Evita Perón. O período de repouso já havia passado e Augusto tentou levá-la, em vão, para o aconchego dos lençóis beges. Sentiu que perdera completamente o interesse por ele. No início, chegou a cogitar a existência de outro homem. Com o tempo foi percebendo que algo ainda mais grave havia acontecido: ela não o queria mais.

Teria feito tudo de caso pensado? Difícil de acreditar que Geórgia fosse tão cruel. Agora que ele perdera a capacidade de procriar, talvez a segurança tivesse posto fim ao desejo da mulher. Não dizem que o risco é excitante? Ele aceitara, mesmo sem querer, o que os juristas chamam de "impotência generandi". Fizera-o por amor, para que ela não tomasse mais pílulas, que lhe causavam tanto dano. Sua vasectomia - o médico lhe havia dito - era daquelas irreversíveis. Abrira mão da possibilidade de ser pai, ele que nunca o fora, para agradar aquela mulher, que agora o desprezava.

Junto a outros papéis, na escrivaninha, encontra um guia de Buenos Aires. Ao abri-lo, cai ao chão uma folha com anotações de viagem, endereços de restaurantes e de lojas. Ao pé da página, com uma letra muito miúda, uma pequena nota: *não suporto mais viver com ele, detesto homens que fazem tudo o que quero. Só gosto dos poderosos, que sabem dizer não, que colocam seus desejos à frente de tudo. Não é um homem, é um fraco, que desistiu até de ser pai, por minha causa. Só sabe dizer sim, não luta pelos seus desejos. Como sentir atração por alguém assim? Nesse relacionamento, o homem sou eu, ele não manda nada.*

Semanas solitárias, de apatia e perplexidade, antes de ver claramente o que acontecera. Nunca contaria o ocorrido aos pais, seu orgulho não lhe permitia. Está seguro de que a mãe o recriminaria. Chega até a ouvi-la dizer: *como pôde fazer isso, como pôde prejudicar-se assim?*

Agora que voltará a viver só, sente um compromisso ainda maior consigo mesmo. Está certo de que precisa reagir, começando por buscar outro apartamento, onde as noites sejam silenciosas. Há que pesquisar, também, as causas de suas dores nas costas. É chegado o momento de dar atenção aos seus próprios dentes, de procurar um bom dentista e de tentar, pelo menos, ter dentes menos imperfeitos.

* * *

Pupilas ovais

Domingo é o único dia da semana em que não abre livros. Há dois anos vem estudando num ritmo alucinado, para concluir sua tese de Doutorado em Biologia. A bolsa de estudos lhe garante o sustento, desde que viva de maneira frugal. Mora num apartamento de dois quartos, com quatro colegas, quase em frente à faculdade. Espera defender sua tese em alguns meses. Prepara-se para ser professor de uma grande universidade, pois está farto da vida de bolsista, que o obriga a contar moedas até para comprar os livros indispensáveis.

Está sozinho nesse domingo. Seus companheiros, cujas famílias residem em cidades próximas, viajaram no sábado, o que fazem com freqüência, deixando-o às voltas com sua pesquisa sobre lagartos do cerrado. Desde criança, antes de pensar em ser biólogo, é apaixonado por répteis. Aos oito anos o pai lhe deu uma enciclopédia sobre animais. Data daí sua paixão por cobras e lagartos: passou a ler tudo que encontrava sobre o assunto, a reparar nos detalhes de seus couros, observando tons e texturas.

Prepara um almoço leve, composto de sanduíche de ovo frito com tomate, suco de laranja e marmelada. É dia vinte e o dinheiro da bolsa evaporou-se, com o pagamento do aluguel e da comida. Dinheiro, de novo, só no início do próximo mês. Tem uma vaga vontade de assistir a um filme, mas não pode pagar a entrada e tampouco a condução. Não sabe direito como utilizar o tempo livre. Sempre lhe acontece o mesmo, passa a semana sonhando com o domingo e, quando este chega, fica meio perdido diante de tantas possibilidades de lazer. Olha pela janela, esperando por uma iluminação, mínima que seja, capaz de salvar-lhe o dia. E então, vê o imponente prédio do Instituto Butantã, com sua bela área verde.

Caminha até a colina, decidido a dar um passeio pelas redondezas. Anda desolado com a brancura de sua pele, antes bronzeada pelo sol do litoral. Quem sabe não se queima um pouco, no passeio? Há flores pelo caminho, nos bem cuidados canteiros. Tem interesse científico por elas, pensou em elegê-las como objeto de estudo, no tempo que os lagartos ainda não ocupavam toda a sua mente. As flores, desde o nascimento, ou melhor, desde o registro, quando lhe deram o nome de Lírio. Acha bonito, embora, por causa dele, tenha sido alvo de brincadeiras de colegas de escola. Violeta, a mãe, quis lhe dar um nome de flor. Mas Lírio não seria por demais virginal, para um homem? Seja como for, sabe que não escapará desse convívio até o fim: será sempre Lírio, e ponto.

Habituado a um cotidiano de contenção, forra o chão com o casaco de couro, para não sujar a calça branca, lavada por ele. Senta-se estufando o peito, para sorver o ar puro. É primavera, mas ainda venta um pouco frio. Há cobras em vários pontos das árvores, em suas jaulas de vidro. Só depois repara no grande fosso, de uns quatro metros de altura, onde se reproduz, de certa maneira, o habitat das mais venenosas. Trata-se, sem dúvida, de uma legítima representante dos viperídeos, uma bothrops jararaca, conhecida como jararacuçu. Possui uns dois metros de comprimento, talvez um pouco mais. Rodeada por pedras de tamanho médio, toda enrolada, parece relaxada, ao sol.

Olha-a durante alguns minutos, ambos imóveis, ela no fundo do fosso. Percebe a chegada de alguns casais com crianças. As pessoas das redondezas, como ele, não possuem muito dinheiro e, aos domingos, passear em meio às cobras é considerado um programa. A menina que acaba de chegar está entusiasmada com a jararacuçu, mas diz ao pai que tem medo de cair no buraco, que, coberto por uma rede forte, não oferece perigo nenhum.

Mas convencer uma menina de quatro anos é algo quase impossível e, cansado de argumentar, o pai se afasta, à procura de um pipoqueiro.

Algo naquela menina o faz lembrar-se de uma outra, imaginária, que não chegou a nascer. A criança que Morgana queria ter, ou dizia que queria, quando ainda estavam juntos, talvez se parecesse com aquela, se herdasse os enrolados e escuros cabelos da moça. Prometera a si mesmo não pensar mais em Morgana, que o deixara há dois anos, para casar-se com Vinícius. Nunca mais tivera notícias deles, a não ser através de um comentário de Violeta, que o encontrou numa agência do Banco do Brasil, quase careca.

A jararacuçu continua imóvel e sequer olha para os ratos que lhe foram oferecidos. Entre as pedras que simulam grutas há um fio d'água, imitando uma pequena cascata. Dois sapos de tamanho médio pulam entre as pedras, quase tão escuros como os ratos, contrastando com o tom verde-oliva do réptil. Agora o sol da tarde bate diretamente no corpo da cobra, realçando as linhas oblíquas do seu desenho original.

Detesta lembrar-se de Morgana, até porque o apurado senso estético fica buzinando o tempo todo nos seus ouvidos que a lacrimejante história é ridícula, de folhetim barato. Vinícius tinha sido o seu melhor amigo, desde os quatro anos de idade e, mesmo quando fora estudar Jornalismo, não deixaram de sair juntos. Nada parecia poder separá-los, antes do aparecimento de Morgana. No início do namoro, o amigo lhe dera as piores informações possíveis sobre o caráter da namorada, notícias de segunda mão, o que não as legitimava, a seu ver. Uma tia de Vinícius trabalhava no ramo da moda e conhecia quase todas as modelos da cidade. Comentava-se, segundo a tia, que ela era interesseira, inescrupulosa e ambiciosa. Atribuiu essas opiniões negativas ao preconceito contra as modelos. Só podia ser inveja, por ela ser uma das melhores e mais requisitadas da região, além de possuir uma beleza excepcional. Seus imensos olhos verdes valeram-lhe várias campanhas publicitárias de óticas e clínicas oftalmológicas, que protagonizara, com grande êxito.

Vira-a, pela primeira vez, num desfile de modas, ao qual comparecera para satisfazer Violeta, que andava muito triste depois da morte do marido. Recorda-se claramente daquela noite: relutara em acompanhar a mãe, pois na manhã seguinte iria defender sua tese de Mestrado e queria dormir cedo. Só concordou ao ver a animação de Vi, como a chamava, com o lançamento da coleção do famoso costureiro. Quando a viu na passarela, pensou estar diante de uma sílfide - que, aliás, não o via, absorvida em si mesma, bebendo a atenção do público. De repente, não havia lugar para nada mais, a preocupação com a sua performance na defesa desaparecera, era como se não existissem mais lagartos. Nem sabe como arranjou coragem para procurá-la depois do desfile, cumprimentando-a pelo desempenho. Então, ela deu-se ao trabalho de lançar sobre ele um pouco do verdume daqueles olhos formidáveis.

Um dos sapos coaxa. O outro deve ter-se escondido atrás de alguma das pedras, dispostas de modo a formar um caminho irregular até o ponto onde se encontra a jararacuçu, que, tendo se mexido, mantém agora a cabeça levantada. Lírio percebe que ela olha para o anfíbio, fixamente. Aflito, o sapo pula para trás duas ou três vezes, coaxando. Minutos depois salta para frente, emitindo um som estridente e fino. Aparentando grande segurança, a cobra continua imóvel, só olhando.

Sente vontade de rir de si mesmo. Como é possível que um biólogo, especialmente um quase Doutor, possa pensar uma bobagem dessas? Trata-se de pura lenda, é claro: cobras não seduzem sapos, isso faz parte do imaginário popular, coisa de gente ignorante, perita em invenções. É verdade que possuem pupilas ovais, mas daí a achar que existe algo de hipnótico nelas é um grande exagero. Não estaria solitário em excesso, nos últimos meses? Ou quem sabe andava estudando em demasia? Onde teria se escondido o Lírio inteligente, racional, disciplinado a ponto de ter-se transformado num vegetariano, ele que no passado adorara churrascarias? E depois, não era nenhum menino, tinha vinte e oito anos, namorara várias mulheres, viajara muito com a família, até morara em outros países, antes do falecimento do pai, diplomata.

De um dia para o outro se dera conta de sua paixão por Morgana, o que não causou estranheza aos amigos. Nenhum deles ousara negar sua beleza, nem sua simpatia. Havia nela uma alegria, uma espontaneidade, que a ninguém deixava indiferente. Era educada, sua conversa agradava e possuía um notável senso de humor. Gostava de contar piadas, as pessoas se reuniam em torno dela só para ouvi-la, do início ao fim das festas. Recorda-se como se sentira orgulhoso naquelas ocasiões, por ter descoberto uma mulher tão especial. Vinícius, que não recebera bem o namoro, aos poucos parecia convencido de que sua tia estava enganada. Até a cética Violeta reconhecia as qualidades daquele ser encantador. A felicidade de Lírio só não era completa porque precisava de um emprego, para marcar a data do casamento.

Chegara a pensar em desistir do Doutorado, para lecionar em faculdades particulares, mas fora dissuadido por Vinícius. Lembra-se perfeitamente de suas palavras: *que é isso, amigão, você não pode desistir agora, nasceu para ser pesquisador, já investiu muito na carreira, calma, a moça não vai desaparecer. Depois de concluir o Doutorado, aí sim, você poderá pensar em casamento.* Aos vinte e nove anos, Vinícius já se tornara um jornalista muito respeitado pelo público e pelas fontes, trabalhando num importante jornal especializado em Economia.

A jararacuçu continua com a cabeça meio alta, enquanto o sapo prossegue dando pulinhos para frente e para trás. Lírio olha o relógio, surpreso: está sentado ali há uma hora e meia e, se muito, o animal avançou um metro em direção à cobra. O outro sapo continua escondido, pelo menos do ângulo em que olha o fosso.

Pertencente à família dos viperídeos, ao lado das urutus e cascavéis, as jararacas têm, em média, um metro de comprimento. Suas maiores representantes são as jararacuçus, que podem medir até dois metros e vinte, nas cores verde-oliva, parda ou amarelada. Seu veneno não é tão forte quanto o das cascavéis, mas é produzido em enormes quantidades: consta que Vital Brasil chegou a extrair, em um só réptil, 1,3 centímetros cúbicos de veneno, ao passo que as outras espécies fornecem menos da metade. Sua picada causa dores locais e, meia hora depois, náuseas, perturbação visual, sonolência e hemorragia pelo nariz e ouvidos. Se não tomar o soro antiofídico, a pessoa morre num espaço de tempo mais ou menos breve.

Ainda não tem uma opinião precisa sobre o seu comportamento. Fora só um tolo? Um homem apaixonado demais para entender o que se passava? Sua inteligência emocional, como se diz hoje em dia, seria muito baixa? Não há respostas para tudo, o acaso tem um papel por demais importante na vida, ele sabe disso, mas continua empenhado em compreender a si mesmo.

Após a conversa com Vinícius, perguntara a Morgana se ela estava disposta a esperar que fizesse o Doutorado. Com o seu sorriso maravilhoso, prontamente concordara, assegurando que continuaria a trabalhar como modelo, a fim de comprar um bom apartamento para os dois. Poucas vezes se sentira tão feliz: amava, era amado, ela não se negara a adiar o casamento. Durante alguns segundos pareceu-lhe até mais alegre do que antes, mas concluíra que devia ser impressão sua, certamente Morgana agia assim para não magoá-lo.

Os gritinhos do sapo estão cada vez mais finos e freqüentes. O ritual continua se desenvolvendo, lento. Os sons parecem soluços estridentes. Ainda dá pulos para trás, mas pouco a pouco o sapo se aproxima da cobra. Lírio sabe que a idéia é absurda, embora tenha uma sensação nítida de que ele tem consciência da morte. Somente isso poderia justificar o desespero dos soluços, o tremor das frágeis patas. A serpente, imóvel, parece dispor de todo o tempo do mundo, com a confiança dos que se sabem vencedores.

O adiamento do casamento não modificara, aparentemente, o relacionamento do casal. O bom-humor de Morgana não se alterara, tudo corria como sempre. Lírio ficara feliz com o crescente afeto que Vinícius demonstrava sentir por ela, tratando-a de cunhada. Formavam um trio quase que inseparável. O jornalista fora convidado para apresentar um telejornal numa grande emissora de televisão, recebendo um salário excelente. Naquela noite, ofereceu-lhes um jantar de comemoração em um restaurante tailandês. Depois foram a uma boate recém-inaugurada.

Como não sabia dançar, Lírio ficou sentado, observando os pares. Por um segundo, teve a impressão de que Vinícius beijava sua namorada no pescoço, enquanto dançavam. Ou seria efeito da luz negra, somada às doses de uísque? Depois de deixá-la em casa, resolveu dar umas voltas de carro, pois dirigir sempre o acalmava. Horas depois passou em frente ao prédio. O carro de Vinícius estava estacionado a alguns metros da portaria.

Não viu mais os dois, até que soube do casamento. Estava seguro de que, no mercado sentimental, um apresentador de telejornais valia mais que um aspirante a professor. Sua recuperação se dera aos poucos. A decisão de fazer o Doutorado em outra cidade fora sábia. Ajudado pela sorte, obtivera a bolsa sem problemas.

O sol começa a desaparecer e raios fracos caem sobre o gramado, cujo verde se torna mais claro. O verde-oliva da serpente brilha. Gemendo cada vez mais fortemente, o sapo continua pulando para a boca da jararacuçu. O outro prossegue escondido, provavelmente intuindo que será o próximo banquete. Agora falta pouco: pelos seus cálculos, daqui a uns dez minutos ele estará diante dela, dando-lhe apenas o trabalho de abrir a boca. Um pequeno grupo permanece no local, mas muitas pessoas se foram, com expressões enojadas. Uma das moças amassa sem parar um guardanapo de papel. Com um grito, o mais agudo de todos, o sapo se oferece àquela boca. Após engoli-lo, ela abaixa a cabeça e cochila.

Começa a escurecer e Lírio alonga o corpo, enquanto veste o casaco. Sente-se muito cansado, depois de presenciar o ritual de aproximadamente três horas de duração. Está aliviado, também, com a certeza de que nunca mais assistirá a um espetáculo igual. Uma vez é o bastante. Caminha até à casa, lentamente. Sem pensar em nada, sobe as escadas do prédio, que não tem elevador. A vizinha do quinhentos e quatro ouve música com o volume altíssimo. À medida que se aproxima do seu andar, percebe que ela escuta um velho disco de Caetano Veloso, dos tempos da tropicália. Nunca prestara atenção à letra da música, intitulada "It's a long way":

"*os óio da cobra verde,*
hoje foi que arreparei,
se arreparasse há mais tempo,
não amava quem amei.
It's a long way.
It's a long,
It's a long, long, long, long way".

* * *